당신의 인생을 이끌어 줄
긍정 비타민

당신의 인생을 이끌어 줄

긍정 비타민

데이비드 시버리 지음 | 김연미 옮김

돈 안 들이고 행복해지는 방법!
가슴 뛰는 인생, 이렇게 준비하라.

전세계
독자가 선택한
최고의 책!

모든 것은 사소한 일에서 출발한다.

한 알의 조그만 씨앗이 하늘을 찌르

는 큰 나무가 되는 것을 보라.

행복도 불행도 성공도 실패도 다 그

시초는 조그만 일에서부터 시작된다.

인생이 바뀌는 긍정 비타민!

사람은 누구나 종종 골치 아픈 문제에 부딪친다.

부자이거나 지위가 높은 사람이라 할지라도 스트레스는 반드시 있게 마련이고 일이든 가정이든 또는 사랑이든 모든 것이 잘 안 풀릴때면 스트레스의 원인이 되며 아무도 여기서 벗어날 수 없다.

어느 날 하루의 일을 마치고 자신을 돌아보게 되는 순간이 올 때 어떤 기분이 드는지는 누구나 잘 알고 있다. 반복되는 일상과 삶의무게에 무기력함을 느끼게 된다.

이런 무기력함을 피할 수 없을까? 어깨에 짊어진 무게를

빼고 좀 더 즐겁게 살 수는 없을까? 모든 것을 버리고 어디론가 떠나 버리면 어떨까? 산다는 것 자체가 고통인 것일까?···.

우리는 일부러 서로에게 마음의 상처를 주려고 하는 것은 아니지만 가끔 충돌을 하게 된다. 그 원인은 "나는 이것을 할 거야." "너는 저것을 해!"라는 식으로 제각각 자신이 선택한 행위에 집착하기 때문이다. 다시 말하자면 이런 곤란한 일이 벌어지는 것은 생각이 서로 다른 '욕망' 때문이다.

나는 이미 오래전부터 다음과 같은 질문을 수많은 사람들에게 던져 왔다.

부모에게서 충분히 사랑을 받으며 부족한 것 없이 자란 어떤 청년이 부모의 기대를 저버리고 대학을 중퇴한 뒤 자기가 살고 싶은 대로 살고 있다. 이 청년의 태도는 이기적이라고 할 수 있을까?

이 질문에 대해 "만약 내 자식이라면 절대 용서할 수 없다."라고 대답하는 사람이 많았던 걸 기억한다. 내가 "예수조차 어린 시절에는 정말로 자신의 신념을 관철시키기 위해 부모의 걱정과 한탄을 뒤로한 채 유년기를 현자들과 함께 수도원에서 보내지 않았는가."라고 말해도 지인들은 절대로 인정하지 않았다.

'이기적이지 않은 것', '자신을 억제하는 것'은 오랫동안 미덕으로 여겨져왔지만 최근 들어 '이기적이지 않고' 자신을 제어하는 것이 심각한 스트레스와 이혼의 원인이라는 것을 알게 되었다. 이 책을 읽으면 상쾌하게 살아가는 데 가장 큰 장애물은 지금까지 우리가 '자신을 너무 제어해 온 것'이라는 것을 모두가 납득할 수 있게 될 것이다. 그리고 자신을 제어하는 삶이 얼마만큼 사람들을 병들게 하고, 모든 골칫거리의 원인이 되는지를 깨닫게 될 것이다.

이것을 잘 이해하고 얼마나 현명하게 자신의 삶을 이끌어 나갈지 깨닫지 못한다면 일상의 모든 상황 속에서 벌어지는 문제를 깔끔하게 처리하는 것은 어려울 것이다. 어쩔 수 없는 골칫거리를 이겨낼 수 있는 열쇠는 당면한 문제 자체에 있는 것이 아니라, 우리가 그 상황에 대처하는 태도에 달려 있다. 분석적 사고와 직관적 사고의 힘은 긍정적 사고로 바꾸기 때문이다.

좀 더 강조하자면, 인생에서 좋은 결과를 얻기 위해서는 자신을 소중히 여기는 것이 중요하며 자신을 소홀히 한다면 단 한 번뿐인 인생 그 자체를 잃게 된다.

또한 자신에게 관심을 갖지 않는다면 아무리 남을 위해 자신을 희생한다고 할지라도 현명하다고 할 수 없다. 당신 자신에게 충실해야 할 의무가 있다.

피엘 자넷 박사(Janet, Pierre; 프랑스의 심리학자. 히스테리와 정신 쇠약에 관한 이론을 전개한 학자) 의하면 "자신의 정신을 사랑하지 않는 사람은 나 자신을 온전히 지킬 수 없다"고 한다.

사과라면 '사과의 가치'가 있는지 없는지는 사과에 내포된 가능성을 얼마나 달성할 수 있는지에 달려 있다. 살아 있는 모든 생명체의 의무는 자신의 가능성을 얼마나 펼칠 수 있는가에 달려 있다. 순간순간의 행동에만 주의를 기울이고 결과는 생각하지 않기 때문에 "너무 이기적이지 않은가, 너무 자기중심적이지 아닌가?"라고 스스로 책망하며 자신을 소홀히 대하는 것이다.

세상의 모든 생명체는 태어난 순간부터 살기 위한 양식을 얻기 위해 뒤쫓아 가게 된다. 인간의 경우 단순히 물리적인 양식뿐만이 아니라 정신적인 양식과 감정적인 양식도 필요하다.

'자신만을 위한 특별한 양식'을 얻을 권리를 추구하지 않는 사람, 주장조차 하지 못하는 사람은 스스로를 너무 피곤하게 해 병에 걸리는 경우도 있다. 자신이 태어나면서부터 가지고 있는 권리를 부정하는 것은 생명의 법칙에 반하는 것이기 때문이다.

자넷 박사가 "자신의 특성을 지키고 발전시켜 나가는 삶을 살고 있는 자신을 사랑하라."고 한 것도 이런 이유에서이다. 자신을 억누르면 자신을 증오하게 되고 자기 자신을 부정하는 것과 마찬가지인 것이다. 자신의 개성을 감사하고 떠안아야 할 책임을 정면으로 받아들이는 것이야말로 자신의 인생을 완성하는 것이다. 다시 말해 타인에 대한 의무는 자신을 희생해서가 아니라 자신이 가능한 한 기쁨으로 가득한 존재로 있어야만 완수할 수 있는 것이다.

이 원리를 깨닫는 것은 인생의 곤란을 극복하는 데 있어 꼭 필요한 것이다. 이것이야말로 인생에서 벌어지는 수많은 고민을 해결하는 열쇠이다.

이 법칙을 기꺼이 따르는 사람이야말로 표면적으로는 이기적으로 보이더라도 실제로는 이기심이 없는 사람이다. 자신의 인격의 통일성을 유지하면서 성장하기 위해 가족과 친구와 타인들의 바람에 'NO'라고 하더라도, 그 사람은 실제로는 애타적인 사람인 것이다.

몇 년 전에 나는 천직이라고 여겼던 일 때문에 외국으로 건너갈 결심을 했다. 당시 어머니는 이미 고령의 나이였기 때문에 어머니의 친구 분들에게서, 부디 어머니가 살아계시는 동안에는 곁에 있어달라는 편지를 받았다. 하지만 나는 어머니 곁을 떠났고, 편지를 보내 준 사람들은 나를 이기적이라고 책망했다.

홀로 남게 된 어머니는 틀림없이 힘든 때도 있었을 것이다. 그러나 93세에 돌아가신 어머니는 돌아가시기 몇 주 전에 이런 말씀을 해 주셨다.

"네가 나를 위해 해 주었던 일 중에 가장 고마웠던 것은 내 곁을 떠나 뜻을 이루어준 것이다."

만약 큰맘 먹고 떠나지 않았다면 내 인생은 50살이 돼서야 겨우 시작됐을 것이다. 그러면 마음에 끝없이 불만을 품게 돼 어머니와의 관계도 악화됐을 것이다. 그리고 현재 하고 있는 일 덕분에 얻게 된 경제적, 정신적 여유를 얻을 수 없었을 것이다.

나는 이 책 속에서 현명한 이기주의가 되길 권하고 있다. 자기 자신을 소중히 여기며 있는 그대로의 자신의 삶을 살기 위해서는 어떻게 하는 것이 좋을지, 긍정적인 사고가 미치는 영향과 그 구체적인 방법을 내 경험을 통해 설명하고 있다.

　당신이 이 책을 읽게 됨으로써 자신과 타협하지 않고 '되고 싶은 자신'을 무리하지 않고 실현할 수 있도록 마음속으로 기원한다.

contents

PART 5
강인한 자신으로 거듭나는 기적

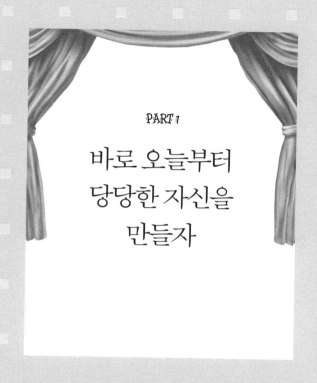

PART 1

바로 오늘부터
당당한 자신을
만들자

사소한 행동이 성공하기도 하고 실패하기도 한다.

인생은
사소한 계기로
바뀐다

Positive vitamins

　우리는 과연 성공하는 방법에 대해 진지하게 고민한 적이 있을까? 사람들이 '꿈은 이루어진다.'거나 '연애가 잘 풀린다.'와 같은 것에 흥미가 있는 것 같다. 하지만 흥미는 있지만 정말로 그것을 실현하고 있는 사람은 그리 많지 않다. 일단 실례를 하나 들어 보기로 하자.

　파멜라 스테이트먼은 이미 오래전부터 언니 버니스가 무슨 일이든 쉽게 가족들을 장악하는 걸 봐왔다. 새 옷을 살 때도 언니가 먼저 노래를 배우는 것이 유행하면 학원에 다니는 것도 언니였고 유럽 유학에 대한 계획을 세우고 유학을 떠난 것도 언니였다.

언제나 모든 일의 중심에 선 것은 버니스였다. 언니의 매력에 흠뻑 빠져 있는 숭배자는 아버지뿐만이 아니었다. 어머니도 언니와 쇼핑하는 데 몇 시간이라도 함께하며 이것저것 예쁘게 꾸며주려고 애를 썼다.

파멜라는 입 밖으로 불만을 토로하지는 않았지만 언니에 대한 편애를 이상하게 여기고 있었다. 무엇보다도 황당한 것은 자신을 제외한 모든 사람이 그것을 당연시 여기고 있다는 것이었다.

★ 인생을 바꾸는 발상의 전환

어느 날 파멜라는 결국 그 이유를 깨달았다. 그녀는 소설을 읽다가 그 이야기의 주인공이 자신과 똑같은 상황이라는 것을 알았다. 그 소설에서 저자는 어째서 주인공(파멜라)이 늘 조연으로 만족해야 하는지에 대해 줄거리를 통해 친절하게 설명해 준 것은 물론, 언니가 지배해 온 방식까지 자세하게 분석해 주고 있던 것이다.

당신의 인생을 이끌어 줄 긍정 비타민

파멜라의 언니는 불만과 애교를 너무나 완벽하게 나누어 쓰고 있었다. 소설에 나오는 괴팍한 성격의 여자는 부모님이 뭔가를 해줄 때마다 코맹맹이 소리를 하면서 착 달라붙어 부모의 사랑에 보답하고 있었다. 그녀의 보답은 어머니에게는 값비싼 선물로 즐거운 이벤트를, 가장인 아버지에게는 애교를 선물 함으로써 자신이 얼마나 위대하고 훌륭한지를 느끼게 해 주는 것이었다.

또한 소설 속의 여자는 자기 맘대로 되지 않으면 반사적이고 노골적으로 언짢은 심사를 드러냈다. 이런 상황에 대해 저자는 "국제 정세와 완전히 똑같다."고 적고 있다. "시종일관 비밀 관리 방책을 쓰거나 우호협정을 맺고 있다가 작전이 실패하게 되면 전쟁을 일으키겠다고 협박을 한다."

파멜라는 이 책을 읽은 뒤부터 언니의 방법을 흉내 내어 보기로 했다. 하지만 그녀는 거짓된 아부로 아버지를 조종할 수가 없었다. 그녀는 아버지를 사랑하고 있었기 때문이었다. 어머니에게 아첨을 할 수도 없었다. 그 모든 행동이 어머니를 속이는 것처럼 느껴졌기 때문이었다.

파멜라는 자신이 떠안고 있는 문제에 대해 인내심을 가지고 생각해 봤다. 그리고 그 해답을 겨우 찾아낸 파멜라는 자신의 어리석음에 허탈한 웃음을 짓고 말았다. 자신의 어리석음 때문에 문제를 이렇게까지 복잡하게 만들었던 것이다.

사랑을 얻기 위해서는 어떤 형태로든 보답을 해야 하는 것이었다. 인간관계에서 대가 없는 사랑은 만족감을 얻을 수 없는 것이다.

우리는 누구나 근본적으로는 이기주의자들이다. 따라서 파멜라는 부모님에게 사랑을 나눠줄 '계기'를 만들도록 노력을 해야 했었다. 반면에 버니스는 토라지는 것처럼 작은 협박을 대신할 자극을 할 필요가 있었던 것이었다.

파멜라의 문제는 아버지의 사업을 돕길 바라며, 아버지가 떠안고 있는 짐의 몇 분의 일이라도 그녀가 나눠 지고 싶어 하고 있다는 것을 아버지가 깨닫고 나서 해결되었다.

'나는 아버지를 돕고 싶다.'며 그녀는 스스로 다짐했다. 그 후, 그녀는 쉽게 자신과의 싸움에서 이길 수 있게 됐다. 그러자 완전히 상황이 역전돼서 이것도 파멜라, 저것도 파멜라, 라는 상황으로 바뀌어 버렸다. 그녀는 구매를 담당하면서 회사에 꼭 필요한 인재라는 것을 증명했고, 그 결과 아버지와 어머니는 그녀를 여러모로 배려해 주기 시작했다. 파멜라가 회사를 그만두면 곤란했기 때문에, 그녀가 피로에 지치지 않도록 배려를 하면서 건강을 해치지 않을까 세심한 주의를 기울여 주었다.

파멜라는 새로운 기쁨을 만끽할 수 있게 됐다. 그 대가로 부모님에 대한 감사의 마음을 담은 애정을 쏟는 것은 그리 어려운 일이 아니었다. 그녀는 적어도 사랑을 정복하는 하나의 열쇠를 발견한 것이다.

★ 마이너스의 흐름을 확실하게 바꿀 수 있는 '작은 계기'

그러나 파멜라는 결혼과 동시에 새로운 근심거리가 생기고 말았다. 결혼 후 몇 년이 지나자 남편인 콘러드가 그녀의 일거수일투족을 비판하기 시작한 것이었다. 남편은 아이들을 대하는 파멜라의 행동을 유심히 관찰하더니 그녀의 모든 행동을 못마땅하게 여기기 시작했다.

"내가 정말 그렇게 무능한 것일까?" 그녀는 생각했다. 파멜라는 옛날에 집안에서 곤란을 겪었을 때 스스로 문제를 해결할 방법을 찾은 것처럼 뭔가 해결방법이 없을지 곰곰이 생각하기 시작했다.

그리고 일을 통해 배운 질서정연한 방법을 가정에서도 도입해 보기로 했다. 그녀는 일기에 그날 있었던 일들을 전부 기록하고 문제의 발생 원인과 남편의 비난을 모두 적었다. 그리고 우연을 가장해 아주 온화한 방법으로 자신에게 쏟아지는 책임과 비난에서 벗어날 수 있었다.

　　"이건 당신이 해줬으면 해요. 저는 잘 못하니까요."라며 남편에게 말한 것이다.

　　콘러드가 자신보다 잘하지 못했을 때, 혹은 자신보다 못했을 때, 파멜라는 그 내용과 원인에 대해 자세히 기록했다. 얼마 못가 남편이 폭발하는 시기가 찾아왔다.

　　"어째서 내가 이런 아이들의 시시콜콜한 일 때문에 고민해야 하는 거야. 육아는 내 책임이 아니야." 그는 이렇게 말했다.

　　"여보, 그래요. 당신 책임이 아니죠. 그런데 어째서 제게 맡기지 않는 거죠?"

　　"그러고 싶으면 그렇게 하라고." 그는 여전히 완강했다.

　　"여보, 정말이죠? 이 메모를 좀 읽어 볼래요? 날짜는 물론 시각까지 기록돼 있어요. 시간이 많이 걸리지 않을 거예요."

　　정말로 그리 많은 시간이 필요하지 않았고, 남편은 상황을 받아들였다.

"여보, 난 단지 당신이 알아주길 바랐어요." 파멜라는 자신이 의도했던 것을 온화하면서도 간단명료하게 설명했다.

콘러드는 아무 대꾸도 할 수 없었다. 그저 묵묵히 그녀를 감싸 안으며 힘껏 껴안아 줄 뿐이었다.

누구에게나 인생의 굴곡은 있게 마련이다. 그럴 때 아주 사소한 행동이 성공의 첫걸음이 되기도 하고 실패의 원인이 되기도 한다. 우리는 끊임없이 오르막길과 내리막길을 오르내리고 있다. 그럴 때마다 기쁨과 고통이 찾아오게 마련인 것이다.

대부분의 여성들은 사회와 가정과 결혼생활 속에서 지나칠 정도로 자신을 희생하는 생활을 견디고 있다. 그러나 파멜라는 '결코 자신과 타협해서는 안 된다.'고 굳게 믿고 있었다. 파멜라는 이러지도 저러지도 못할 상황에 처하게 되면 오히려 과감하게 행동을 했다. 그녀는 그런 상황에서 스스로를 해방시킨 것이다.

누군가의 사랑을 받기 위해서도, 일을 성공으로 이끌기 위해서도, 꿈을 실현시키기 위한 생각은 똑같다. 상황을 직시할 수 있는 눈과 현명하게 행동하기 위한 지혜, 이 두 가지가 꼭

필요한 것이다. 당신은 이 책을 통해 여러 가지 상황을 간접
적으로 접하게 됨으로써 틀림없이 이런 사고방식과 행동의
원칙에 대해 깨닫게 될 것이다.

타협과 인내는
의미가 없다

Positive vitamins

어느 일류 기업에서 근무하고 있는 여성이 지치고 불안한 모습으로 진료실에 앉아 있었다. 의사는 경험이 많은 여의사였다. 그녀는 지금부터 자신이 하는 말이 어떤 효과가 있을지 잘 알고 있다는 듯이 환자를 오랫동안 뚫어져라 바라보고 있었다. 그리고 부드러운 미소와 함께 환자에게 "휴가를 얻는 게 좋을 것 같네요."라고 말했다.

그러자 그녀는 "휴가라고요? 그것은 절대로 불가능해요. 회사에서 받아주지 않을 거예요. 게다가 어딜 가든지 돈이 들잖아요."라고 소리쳤다.

의사는 고개를 끄덕였다. "잘 알고 있어요. 하지만 제가 말하는 휴가는 그런 게 아니에요. 당신이 '여자라는 것'에서 휴가를 떠나라는 거예요. 당신은 비서죠? 그래서 하루 종일 상사의 잡무부터 힘든 문제까지 떠안은 채 한눈을 팔지 않고 열심히 일해 왔겠죠? 집으로 돌아가면 돌아간 대로 청소에 식사 준비에 빨래를 해야겠죠? 친구들이나 애인이 찾아오면 특별한 요리를 만들어 그들을 즐겁게 해 주려고 고생을 하겠죠."

"그런 건 여자라면 누구나 하는 일이잖아요."

"이해할 수 있어요. 저도 여자니까요." 의사는 동의를 하며 말을 이어 나갔다. "하지만 젊은 남자들은 어떻죠? 상사들로부터의 그런 부담을 잠자코 받아들이나요? 매일 자기가 먹을 걸 만들어 먹나요? 빨래를 하고 다림질을 하나요? 깔끔하게 집안 청소를 하나요? 거기에다 자신을 찾아올 손님을 위해 장을 보러 가거나 한밤중까지 일을 하나요?"

"그러지 않을 거예요."

"맞아요, 그러지 않을 거예요. 그러니 당신도 여자들의 방식에서 휴가를 떠나라는 거예요. 그리고 평소처럼 일을 해야 한다는 강한 강박관념이 들게 되면, 젊은 남자들이라면 어떻게 할지 생각해 보는 거예요. 만약 '안 할 거다.'라고 여겨진 다면 당신도 하지 마세요."

★ 이기심이냐 자존심이냐

이 여성은 의사의 충고를 충실히 따르며 다음과 같은 것을 깨닫게 되었다. 남자친구는 단순히 그녀가 만들어 주는 음식을 노리고 찾아왔다는 것과, 상사는 그녀가 유능하기 때문에 많은 일을 처리 할 수 있다고 여겼다는 것이다.

그것을 깨달은 순간 그녀는 지금까지의 방법을 모두 바꾸어 버렸다. 그리고 상사의 자리를 차지하고 다른 남자의 사랑을 쟁취하게 되었다.

요컨대 그녀는 의사의 충고를 받기 전까지 자기 자신을 제대로 살리지 못한 것이다. 그렇게 해서 자신의 건강까지 해치게 된 것이다.

그녀의 성공은 끝없이 혹사당하는 것을 거부한 시점부터 시작됐다. 하지만 그녀는 단순한 이기주의를 만족시키기 위해 그렇게 한 것이 아니다. 단순히 자존심을 버리고 자신의 능력보다 낮은 일을 거부했을 뿐이다.

자넷 박사는 "여성들이 상당한 부분까지 사회진출을 할 수 있게 됐지만 아직까지 명성이나 권력을 많이 누리지 못하고 있는 것은, 여성들이 셀 수 없이 많은 불필요한 일들에 정신적인 에너지를 낭비하고 있기 때문이다."라고 말했다. 여성들은 남성들보다 진정한 의미에서 자신을 소중히 하며 사는 법을 배울 필요가 있다.

목적을 달성하기 위해 전력을 기울이는 것은 모든 사람들에게 주어진 권리이다. 성공을 두려워할 필요는 없다. 그런데도 뭔가를 달성할 것 같은 순간에 꼬리를 감추며 남에게 그 길을 양보해 버리고 마는 사람이 있다. 그런 사람들은 무의식적으로 힘을 얻거나 성과를 거두는 것이 인간으로서 자기주장이 너무 강한, '품위'가 없는 행동이라 여기고 있는 것 같다.

★ 누구나 다 '마음은 마법사'

자기주장을 할 용기가 없는 남성과 이성에 대해 섹스어필하는 것을 두려워하는 여성도 있다. 자기주장과 성적 매력을 어필하기 위해서는 너무 나서거나, 억지를 부리는 것 같아 이기적이라고 여길지도 모른다.

그러나 사람은 매력과 개성을 키우기 위해 노력하는 과정을 통해 자신의 자질과 가능성을 배우게 되는 것이다. 이런 무형의 재산은 세미나나 책에서 말하는 '매력적인 여성이 되는 법', '사람들의 시선을 끄는 법', '당신만의 개성을 키우는 법' 등과 같은 뜬구름 잡는 식의 기술로는 만들어지지 않는다. 실천하고 익히지 않으면 안 되는 것이다.

또한 사람들은 누구나 자신만의 '입장'을 바란다. 그러므로 우리는 사회적으로 보다 나은 위치를 차지하기 위해 그 상황을 만들어 줄 사람을 따르게 되어 있다. 그런 의미에서 볼 때 누군가를 따른 대가로 얻은 돈은 아무리 지위를 얻었다고 하더라도 굴복의 대가에 지나지 않는다. 돈으로 상대를 움직일 수는 있지만 사람의 마음을 얻거나 사랑을 얻을 수는 없다.

모든 인간의 근본적인 목적은 자유에 있다. 그리고 우리는 기쁨을 가져다주는 사람, 혹은 안락한 휴식을 가져다주는 사람을 사랑한다. 게다가 자신이 위험에 처해 있을 때 도움의 손길을 건네주고 안심할 수 있게 해주는 사람을 형제처럼 여기게 된다. 용기와 기력을 되찾게 해주는 사람과는 강력한 우정으로 맺어진다.

　만나는 사람들에게 이런 것들을 제공하고자 하는 사람은 자신과 주변의 모든 사람들에게 만족감을 선사해 줌으로써 인생 최고의 자리에 오르게 될 것이다. 희한한 것은 당신이 아무리 많은 사랑을 거머쥐었다고 하더라도 타인에게서 아무 것도 빼앗는 것이 아니라는 것이다. 이런 점이 바로 자기중심주의의 마법이다.

빈틈 없는
'현명함' 으로
승부하라

Positive vitamins

    버트 브래드릭슨의 인생은 고난과 역경의 연속이었다. 처음에 한 가지 골치 아픈 일이 터지고, 그 일이 막 정리되려 할 때 다시 새로운 골칫거리가 터지는 식이었다. 그러나 그 모든 것이 실제로는 그가 떠안을 일들은 아니었다.

★ 약간 '이기적'이라고 보일 정도로 자신을 소중히 여기자

그는 구두쇠도 아니었고, 불친절하지도 않은 사람이었다.

오히려 너무나 친절한 사람이었다. 사람들이 뭔가 부탁을 하거나 귀찮은 일 때문에 찾아왔을 때조차 불만스럽게 맞이한 적이 한 번도 없었다. 그는 또한 유별나게 신경과민 반응을 일으키며 화를 내는 사람도 아니었다. 그런데도 불구하고 자주 말썽이 일어나곤 했다.

"타인에게 잘 대해 주면 자신에게도 잘 대해 줄 것이다."라는 식의 철학은 그에게 전부 역효과를 일으키며 실패로 돌아간 것이다.

너무나 안타까운 일이지만 그런 철학은 버트처럼 받아들인다면 반드시 실패로 끝나게 마련이다.

우리의 인생에서 중요한 문제는 두 가지 측면이 있다. 그것은 바로 사랑과 지혜의 측면이다. 당신은 자비롭고 관대하며, 친절하고 정의로우며, 협력적이고 양심적인 데다가 용기까지 있다고 하자. 그런데도 실패를 한다. 그것도 아주 철저하게 실패를 한다.

인생은 사랑만으로는 충분하지 않다. 사랑에는 '지혜'라는 동반자가 필요한 것이다. 무지의 대가는 너무나도 크다. 애정은 지혜가 없이는 어떤 것에도 이길 수 없다.

선량한 대부분의 사람들이 사랑이야말로 전능한 것이라고

믿으며 살아가는 것은 비극이다. 세상에는 선량함을 지키고 따르기 위한 '빈틈없는 현명함'이 필요한 것이다. 그렇지 않다면 세상은 그 사람의 선량함을 역으로 이용하고 만다. 이 점을 누군가가 선량한 사람에게 말해주지 않는 것은 너무나 불행한 일이다.

어느 오후, 내가 그의 실패 원인을 이렇게 설명해 주자 버트는 "어째서 누군가 좀 더 빨리 말해 주지 않은 것일까?"라고 탄식했다. 나는 다음과 같이 부연설명을 해 주었다.

"인간의 행동에 관해서 세상은 여전히 감상적입니다. 모든 사람을 생각해서 사랑으로 넘치는 배려에서 좋은 일을 하려고 하면 두 가지 상반된 생각을 하게 됩니다. 그리고 자기 자신과 타협을 해야만 하게 되죠. 그러나 사람에게 분별력이 있어야 합니다. 판단력이 반드시 필요한 거죠.

잠시 시간을 두고 당신의 생각이 얼마나 어리석은 것이었는지 살펴보기로 합시다. 당신은 지혜가 아니라 사랑만이 문제를 해결해 줄 수 있다고 생각하고 있었으니까요. 문제가 생겼을 때 당신이 취한 행동을 면밀히 검토해 보면, 당신은 다음과 같은 잘못을 저질렀다는 것을 알 수 있습니다.

당신은 정신이 산만해져 가장 중요한 일, 하고 싶은 일에 집중을 하지 못했습니다. 왜냐하면 당신은 남들이 당신에 대해 어떤 소리를 할지, 당신을 이기주의자라고 생각하는 게 아닐지 늘 두려워했기 때문입니다.

당신은 타인의 감정과 기분을 너무 자신의 입장에서 생각했기 때문에 복잡하게 얽히고설킨 문제에 휩싸이게 된 겁니다. 이것은 타인에 대한 동정심 때문에 자신을 죽이고 마는 아주 나쁜 예입니다.

게다가 당신은 자신의 도덕적 편견에 너무 집착한 나머지 현실을 제대로 파악하지 못했습니다. 이 모든 것이 본인의 가치관대로 살아가는 것을 두려워하기 때문입니다.

게다가 과거의 실패를 통해 자신의 잘못을 반성하며 불필요한 죄책감을 품고 있습니다.

그리고 마음속으로 자신이 이기주의자라고 굳게 믿으며 자신을 책망하면서 더 이상 생각할 수 없을 때까지 감정적으로 문제에 집착해온 것입니다.

결국 당신은 스스로 완벽해야 한다는 집착 때문에 '착한 사람'을 연출하게 돼, 당신의 이상주의가 실패로 끝나게 되면 피상적이고 회의적으로 되고 맙니다. 그리고 자기 불신에 빠지게 되는 거죠. 게다가 자신이 항상 옳다는 것을 증명하기 위해 필사적으로 노력해왔기 때문에 결국에는 자의식 과잉과 동시에 자신감 결여로 인해 공명정대한 판단력을 유지할 수 없게 된 것입니다.

만약 당신이 사랑에는 지혜가 꼭 필요한 것이라는 것을 알고 있었다면 지금까지 불필요한 문제에 휘말리는 일은 없었을 것입니다. 그리고 자신의 목적을 위해 사는 것이야말로 가장 중요한 것이라는 사실을 알고 있었다면 혼란을 겪지 않고 분별력을 가질 수 있었을 것입니다. 그리고 당신은 진취적으로 해결의 실마리를 찾아낼 수 있었을 것입니다.

동서고금을 통해 이 진리를 벗어난 적은 없습니다. 이 지혜롭게 생각하는 방법은 스스로 깨닫고 그렇게 행동할 마음만 먹는다면 전혀 어려운 일이 아닙니다.”

★ 진정으로 '자신을 위해 사는 사람'

나는 버트 씨에게 개인적인 문제에 대해 생각할 때에는, 과학자가 연구를 할 때 객관적인 태도가 필요한 것과 마찬가지로 그렇게 생각하는 마음가짐을 가지라고 충고해주었다.

현실 세계는 실험실과 마찬가지로 특정 법칙의 영향을 받고 있다. 잘못된 화학약품을 조합하게 된다면 폭발을 일으키거나 독가스가 발생하게 된다. 그와 마찬가지로 사람들이 서로 잘못된 조합을 이루거나 잘못된 방법으로 인생을 대처하게 된다면 소동이 벌어지거나 혼란을 초래하게 된다.

우리가 아무리 사랑으로 가득 차 있다고 하더라도 어리석다면 반드시 문제가 발생하고 만다. 어떤 경우일지라도 타인과 자신에게 타협해서 자신을 소홀히 대하다가는 반드시 그 대가를 치르고 만다.

당신은 지금보다 훨씬 스스로를 소중히 여겨도 좋다. 그것이야말로 진정 자연의 섭리를 따르는 것이기 때문이다.

자신을 변화시킬
절호의 '기회'를
잡아라

Positive vitamins

대부분의 경우 문제는 항상 느끼지 못할 정도로 서서히 다가온다. 아내 그레이스의 부탁으로 그녀의 동생 프랭크를 자신의 회사에 넣어줄 때만 해도 클래런스 왓슨은 그저 가족에 대한 작은 배려라고 생각했다.

장모님이 동거하게 됐을 때도, 그 일이 운명을 바꿔 버릴 줄은 꿈에도 생각하지 못했다. 나중에 처남인 프랭크까지 함께 살게 됐을 때도, 클래런스는 아무 걱정도 하지 않았다.

문제는 멀리 빙글빙글 돌면서 서서히 부풀어 오르고 있었다. 본인이 미처 깨닫기도 전에 착착 진행되고 있었던 것이다. 처음에 클래런스는 그레이스의 부탁이 자신의 운명의 전환점이 될 것이라는 것을 전혀 인식하지 못했다. 그런데 문득 깨닫고 보니 클래런스는 전혀 쉴 수 없는 상황에 이르게 되었고 처가 식구들로 인해 결혼생활이 엉망진창이 되어 버렸어도 그저 바라볼 수밖에 없었다.

그리고 아내의 애정도 언제부터인가 점점 식어가고 있다는 것조차 깨닫지 못했다. 아내의 애정이 식은 것은 남편이 처갓집 식구들에게 잘하면 잘할수록 그녀에게 할애하는 시간이 점점 줄어들었기 때문이었다.

★ 위기를 느낄 때야말로 절호의 기회

여러분은 이런 터무니없는 모순 덩어리를 느낀 적이 없었는가? 남을 위해 최선을 다해 노력을 할수록 사랑을 받지 못한다는 모순을. 우리는 상대를 위해 희생하면 할수록 그들의 사랑을 잃고 마는 것이다.

이것은 설령 자신을 사랑해 주는 사람이라 할지라도 자신이 상대의 희망에 대응 해주지 못하게 되면, 사람들은 상대를 원망하도록 되어 있기 때문이다.

그러나 문제가 커지기 전까지는 거의 대부분의 사람들이 불안을 느끼지 못한다. 그 시점에서는 그리 심각하게 여기지 않는 것이다. 그리고 깨달았을 때는 이미 늦은 뒤이며 그것은 자신의 삶의 방식이 초래한 결과이다.

클래런스가 장모의 미움을 받지 않고, 처남의 불만도 사지 않고, 아내와 힘든 싸움을 하지 않고 이 상황에서 벗어나기 위해서는 대체 어떻게 하는 것이 좋단 말인가? 그의 '양심'은 상처를 받기 쉽다. 그러므로 자신을 지키는 데 죄의식을 느끼게 돼서 결국은 자신의 감정을 억누르는 수밖에 없다.

이런 상황에서 과연 해결책이 있는 것일까?

유일한 해결책은 그들이 파고들 틈을 주지 않는 것이다. 그런 다음 자신의 마음속에서 죄의식을 몰아내고 당신을 평가하려고 하는 사람들의 감상적인 말투에 대항할 힘을 키워야 한다.

문제는 우리가 방치해뒀기 때문에 점점 더 커지는 것이다. 자신과 타협을 해버리므로 문제는 점점 더 커지는 것이다.

어떤 경우일지라도 자신과 타협하지 않는 사람은 자기 인생의 근간에 위험이 닥쳐오면 바로 깨달을 수 있다. 그리고 용기를 내서 문제와 맞서 싸우고 해결할 수 있다.

이런 사람은 자신의 행동이 결과적으로 최선의 것이라는 신념을 가지고 있는 것이다. 자신과 타협하는 것은 반드시 타인과도 타협을 하게 만든다. 당신은 이런 무기력하고 자기중심적이지 않은 태도와 상반된 행동을 해야만 한다.

프로이트와 그의 신봉자들은 무의식에 대해 수많은 글을 남겼다. 그러나 우리는 무의식적인 마음에 대해 다음과 같이 정의를 내리자. 인습에 의해 억압됐으며, 인습과 맞지 않아 추방되고 죄의식으로 가득한 것이라고.

우리의 지성은 전진하려고 하는데, 감정이 발목을 잡고 있어 판단력을 잃는 경우가 많다. 일단 확립된 것은 인습으로 자리 잡아 오랜 세월에 걸쳐 추락해나간다는 데이터를 모르기 때문에 감정에 사로잡히고 마는 것이다.

그들은 또한 자학적 인내가 아무런 도움도 되지 않는다는 것을 이해하지 못하고 있다. 그런 인내를 사람들은 미덕이라 착각하고 있다. 우리는 서로를, 예를 들어 자식이든 부모든 친구든 간에 자신이 떠안을 필요는 없는 것이다.

누구에게나 인생이란 자신의 시야로 다 들여다볼 수 없을 만큼 크고, 평생을 걸려도 제대로 알 수 없을 만큼 깊은 것이다. 그러므로 근본이 되는 원리를 파악하는 것이 중요하다.

통찰을 위해서는 현실을 직시할 필요가 있다. 인생이 우리에게 바라는 것은 이런 현실과 직면해나가는 것이다.

인생의 목적은 고통을 떠안는 것도 아니며 자신의 슬픔을 견디고 이겨내는 것도 아니다. 살아가는 과정에서 조금씩 현명해지기만 하면 되고, 일부러 나쁘고 힘든 일만 떠안을 필요도 없는 것이다.

그래서 어떤 상황에서도 응용할 수 있는 문제를 사전에 방지하는 일곱 가지 원칙을 소개하기로 하겠다.

★ 빼도 박도 못할 상황에 처하기 전에 '해야 할 일'

어떤 일이서든, 누구든지 간에 한계점이 있다. 이것을 깨닫는 것이 중요하다. 당신을 너무나 화나게 하는 사람과 상황에 대해 더 이상 참을 수 없는 때가 오게 되는 것이다. 그것이 누구든, 무엇이든 간에 마찬가지다.

당신이 불만을 토로할 상대를 발견하기만 하면 남편이든, 형제든, 부모든, 상사든, 시간이든, 업무든 간에 원인이 되는 불만은 점점 부풀어 올라 인내의 한계점에 달할 때가 반드시 오게 되어 있다.

이런 한계가 피할 수 없는 것이라면 폭발하기 전에 지금의 상황을 당장이라도 바꾸는 것이 좋지 않겠는가? 지금 당장 시작하든, 그만두든, 포기하든, 도움을 청하든 간에 당신이 먼저 손을 써라.

스스로 때를 정하고 행동하지 않는다면 당신의 인생만 엉망진창이 되고 만다. 실패는 해결을 미적미적 뒤로 미루기 때문에 발생한다. 인생을 즐겁게 살기 위한 비결의 절반은 '현명함'을 어떻게 발휘하는가에 달렸다. 인생은 기회로 가득하다. 작은 기회들의 연속인 것이다. 작은 기회를 잡아 돌파구로 삼는다면 앞으로 멋진 인생이 기다리고 있을 것이다. 장군들이 전략을 짜는 것과 마찬가지로 스스로 행동할 때를 정하는 것이다.

지금 현재 일이 잘 되지 않아 초조해 하고 있는 사람은 자신의 잘못을 타인에게 정당화시키려는 습관이 있지 않은지 생각해 볼 필요가 있다. 당신이 부모님의 곁을 떠나야 한다는 이유로 사랑하는 사람과 결혼하지 않겠다고 결정했을 때 "정말 훌륭해."라는 말을 할 사람을 찾는 것은 아주 쉽다.

그러나 자신의 가능성보다 낮은 목적을 위해 자기 자신을 희생할 때마다, 당신은 항상 죄를 저지르는 것이 된다.

반대로 자신의 인격적 성향을 깨뜨리지 않기 위해 주변 상황에 타협하지 않고 그 상황에서 벗어나려 하는 사람은, 자기 중심적으로 보일지는 모르지만 죄를 저지르지 않게 된다.

자기희생에서 가장 좋지 않은 것은 본인다운 삶을 포기하고 그로 인해 일어나는 자기 분열현상이다.

자신을 끊임없이 억누르고 있다 보면 '원래의 자기 모습'을 파괴하는데 한 발짝 발길을 내딛는 것과 마찬가지다. 이 정신적 자기 파괴는 실제로 생명까지 위협하고 만다.

참을성이 강하고 인내심이 강하다는 것은 터무니없는 미덕에 불과하다. 본인의 마음 때문에 결국에 가서는 육체가 병들고 정말로 커다란 희생을 치러야 한다는 것은 너무나 어리석은 짓이다.

진정한 사랑의
황금률을 찾아라

Positive vitamins

제스퍼 제드슨은 눈을 감았다. 마치 고통으로 가득한 상황을 기억에서 떨쳐내기라도 하듯이.

그는 신경질적으로 의자를 주물럭거리고 있다. 그의 목소리에는 피로와 절망으로 물들어 있었다.

"프랭크는 언제나 내 맘에 쏙 들었었지."

그는 결국 이렇게 입을 열기 시작했다. "그래서 그 녀석에게는 뭐든 다 해줬어. 우리가 젊었을 때는 별로 기회가 많지 않았지만, 그 기회를 전부 녀석에게 넘겼지."

"아드님을 위해 무엇을 해 주셨나요?"

나는 이렇게 물었지만 대답은 이미 다 알고 있었다.

★ 일방통행에 불과한 사랑

제드슨은 내 질문이 들리지 않는다는 듯이 이야기를 계속했다.

"나는 제분소가 있는 마을에서 태어났소. 6살 때 이미 그곳에서 일을 하기 시작했지. 교육을 못 받은 건 아니지만 12살이 지나면서부터 번 돈을 모두 어머니에게 드려야 했어. 일을 하는 것도 좋아했지만 공부도 하고 싶었지. 그때는 밤이 새는 줄 모르고 책을 읽었어. 그렇게 열심히 살았지. 낮에는 일을 하고, 밤에는 공부를 하면서."

"그럼 언제 놀았나요?" 나는 격앙된 그를 조금이나마 안정시켜주기 위해 낮은 목소리로 물었다.

"논다고?" 감정을 안정시켜주려고 했던 나의 노력은 실패로 돌아가버렸다.

"논다고? 노는 일은 절대 있을 수 없어!" 그는 반복해서 되풀이 했다.

"그래서 당신은 프랭크에게 놀 기회를 주고 싶었나요?" 너무나도 당연한 걸 묻는다는 느낌을 질문을 던지자 "아니!"라는 화난 목소리가 되돌아왔다.

"나는 그 녀석에게 내가 손에 넣을 수 없었던 것을 전부 다 해 주었지. 아들놈이 3살 때 유모를 붙여 주었어. 유모인 플린트 씨는 매우 훌륭한 여성이었소. 그녀는 그 뒤로 아들의 가정교사가 돼 프랭크의 공부를 돌봐 주었소.

플린트 씨는 프랭크가 4살 때부터 곁에서 책을 읽어 주었소. 아들의 책을 고르는 데도 아주 많은 신경을 썼지. 그뿐만이 아니라 복장도 훌륭하게 갖추어 주었소. 고급스러운 흰색 옷깃에 멋지고 귀여운 모자, 모두 다 플린트 씨가 골라 주었지. 여름이 되면 그녀는 아들을 데리고 산책을 갔는데 가끔씩 시내까지 나가 미술관 구경을 갔소. 그리고 아들이 12살이 되자 육군 사관학교에 보냈소."

"여름휴가는 어떻게 보내셨나요?"

"아들을 훈련시킬 작정으로 우리 공장으로 데려갔소. 사내아이들은 일을 시키는 것이 제일 좋으니까. 하지만 아들놈에게는 내가 했던 고생을 시키고 싶지는 않았소. 그래서 우리 공장의 최고 장인에게 맡겨 일을 가르치도록 했소."

"그랬군요. 당신은 처음부터 끝까지 당신의 '황금률'을 실행으로 옮기신 거군요. 자신이 어릴 적에 바랐던 일들을 프랭크에게 해 주셨군요."

"그렇게 했소."

"그러셨겠죠. 그런데 아드님이 말을 듣지 않게 됐다는 말씀이시죠?" 나는 힘주어 동의를 해 주며 말을 했다.

순간 제드슨의 낯빛이 변했다. 그는 미간을 찡그리며 말했다. "술을 마시기 시작했소. 천박한 여자와 가출을 해서 그리니치빌리지(Greenwich Village: 미국 뉴욕 주 맨해튼 섬 남부에 있는 예술가 거주 지역.)의 부랑아들과 가깝게 지내고 있소. 불행하게도 동업자인 톰슨이 녀석을 많이 귀여워했기 때문에 돈을 좀 주고 왔다고 했소. 어차피 춤추고 퍼마시며 흥청망청 써 버리겠지만."

"그럴 수도 있지만, 아드님은 불량배가 아닙니다." 나는 조용히 말을 가로막았다.

"불량배가 아니라고? 당신이 그걸 어떻게 안단 말이야!"

"당신이 보내주신 편지에 아드님을 만나봐 달라고 적혀 있어서…"

"그래, 만나 보셨소?"

나는 고개를 끄덕였다. "당신과는 완전히 딴판인 청년이었습니다. 당신은 어째서 본인이 좋아하는 걸 아드님도 좋아할 거라고 생각하십니까?"

"나는 그저 아들놈을 위해서…."

"아, 네, 그랬군요. 하지만 모든 사람이 그런 변명을 이기주의를 정당화하기 위해 이용한다면 이 세상은 지옥 같을 것입니다."

나는 이야기를 계속하면서 책 한 권을 그에게 건네 주었다. 그것은 옛 예술의 거장들에 관한 논문으로 그들의 사랑과 성에 대한 일탈에 관한 내용들로 가득한 책이었다.

"이게 뭐요?" 그는 책을 넘기면서 당혹스러운 표정으로 물었다.

"예술가들의 매혹적인 기록입니다. 읽어보고 싶을 것 같아서요. 그리고 현대 연극에 관한 책도. 연극협회가 지금까지 상연했던 것들 중에서 최고의 것들만 선정한 책입니다."

"이런 얼토당토않은 이야기를 할 만큼 한가롭지 않소." 그는 씩씩거렸다.

"그래요? 저는 꽤 좋아하는데요. 그래서 당신도 읽고 싶어하실 거라 생각했죠."

"대체 어쩌자는 거요?"

"당신의 완벽한 교육방침 때문에 아드님의 행동을 부정하고 있다는 걸 깨달았으면 해서입니다. 당신은 자신이 바랐던 것을 아드님에게 해 주셨습니다. 그리고 제가 빌려드리겠다고 하는 책의 내용을 증오하고 있습니다. 그런데 아드님은 당신이 아드님에게 해 주신 모든 것들을 증오하고 있습니다."

"그게 사실이오?"

"물론입니다. 당신의 황금률은 철창으로 둘러싸인 인정사정없는 감옥입니다. 타인을 지배하고 당신의 뜻대로 그들을 조종하기에는 아주 좋은 그럴듯한 방법이죠."

"그럼 대체 어떻게 해야 했단 말이오?" 그는 풀이 죽어 물었다. 더 이상 항변할 기운이 없었던 것이다. "대체 아들을 어떻게 대해야 한단 말이오?"

"제일 먼저 아드님이 바라는 것을 해 주거나, 아니면 혹시 당신이 아드님과 비슷한 성격이라면 바라는 것을 해 주는 것이 어떤 것인지를 배울 의향은 없으신가요? 물론 그것만으로는 충분하지 않지만, 그것이 출발점이 될 겁니다."

"프랭크는 음악 나부랭이나 연주하며 귀중한 시간을 허비하고 있소."

"분명히 지금 아드님이 하는 일들은 당신의 눈에는 그렇게 보일 겁니다. 생활을 위해 댄스 오케스트라에서 바이올린을 연주하고 있으니까요.

제드슨 씨, 아드님은 음악적, 예술적, 창조적 자질을 가지고 있습니다. 아마 어머님의 피를 물려받았겠죠. 아드님은 상상력이 뛰어난 훌륭한 청년입니다.

당신이 아드님을 위해 해 준 모든 것은 사실 전부 허사였습니다. 왜냐하면 그 모든 것들이 당신의 기준에 맞춰 해 준 것이기 때문에 아드님의 성품에는 맞지 않는 것이었으니까요.

당신의 성격은 당신을 감정을 억누른 채 틀에 얽매인 생활 속에서만 살 수 있는 인간으로 만들어 버렸습니다. 그러나 아드님은 감성이 풍부하고 내성적인 청년이라 세포가 감정과 열정으로 들끓고 있습니다.

어린 시절 그에게는 자신을 창조적으로 표현할 기회가 필요했던 것입니다. 음악과 색채로 넘쳐나는 생활, 좋은 연극, 모험 소설, 함께 뛰어 놀 수 있는 친구…, 그런 것들이 필요했던 것입니다. 하지만 실제로는 성장에 필요한 모든 것이 결여돼 있었던 것입니다.

저는 그에게 연극계의 유명한 감독을 소개해 주었습니다.

그는 시험에 합격해서 작은 배역을 맡게 됐습니다. 그는 틀림 없이 성공할 것입니다. 영화에 출연하게 된다면 당신보다 훨씬 더 많은 돈을 벌게 될지도 모르죠."

★ '배려'가 넘치거나 부족할 때

제드슨은 마치 바다뱀이 바다 속에서 머리를 내밀듯이 마음을 빼앗긴 채 멍하니 앉아 있었다. 그러는 동안 나는 그의 아들에 대한 정당성을 주장하고 있었다. 그리고 '오랜 황금률'에 따라 아들을 다루려고 노력해 온 것들에 대해 부드럽게 비난한 것이다. 일생을 거쳐 기울여 온 노력을 비난한 것이다. 그는 침묵을 지켰고, 나는 이야기를 계속했다.

"저는 몇 차례 프랭크와 만났습니다. 그는 술도 끊었고 그 천박하다는 여자와도 헤어졌습니다. 그는 지금 성공을 간절히 바라고 있습니다. 그리고 어떻게 하면 성공을 할 수 있을지도 잘 알고 있습니다.

당신의 바람과 다르다고 해서 그에게 잘못이 있는 것이 아닙니다. 자기 스스로 독립하고자 한다는 것을 알리기 위해 더 이상 방탕한 생활을 할 필요도 없습니다. 아드님이 비뚤어진 원인은 바로 당신입니다. 하지만 지금은 아드님도 아버님께 진심으로 미안하다고 생각하고 있습니다. 아버님께 상처를 주겠다는 마음은 더 이상 품고 있지 않습니다."

"내게 미안해한다고!"

"네, 아드님은 지금 아버님이 무엇을 잃어버린 것인지 전부 다 알고 있습니다. 오랫동안 당신이 **빼앗긴** 것이 얼마나 큰지 잘 알고 있습니다. 당신이 손에 넣지 못한 것들을 찾을 수 있도록 돕고 싶어 합니다.

그건 바로 애착심과 너그러움입니다. 서로 상대를 이해하고 각자의 개성을 사랑하고 존중하면서 함께 난로 앞에 앉아 시간을 함께 보내는…, 아드님은 그런 친밀함 속에서 피어나는 아름다움을 아버님께 선물할 수 있길 바라고 있습니다."

"내게는 여유가 없었어." 제드슨의 목소리는 젖어 있었다.

"그렇습니다. 뼈가 부서져라 일하느라 낡고 닳은 빈 상자처럼 허무한 상태로 집으로 돌아가셨죠. 하지만 가족들에게 돈을 가져다주기 위해 열심히 일하고 그 대신에 가족들에게서 돈 이외의 것은 전부 **빼앗아** 버리는 식의 애타주의야말로 가장 이기주의적인 것이라고 생각합니다."

나는 오랫동안 임상심리학을 연구하면서 수천 명에 달하는 사람들을 진찰해 왔다. 그 경험 속에서 사람들이 도덕적으로 비행을 저지르는 가장 크고 유일한 원인은 옛날부터 이어져온 '황금률' 때문이라는 것을 깨닫게 됐다. 그 황금률을 굳게 믿는 사람들은 지나칠 정도로 진지하고 경직된 사람들이다. 자신을 위한 것이 타인을 위하는 것도 된다는 생각은 잘못된 생각이다. 그런 착각 때문에 타인을 지배하는 것은 친절도 배려도 아니다.

　　새로운 황금률은 다음과 같다. "인생, 자연, 우주의 법칙이 당신에게 하듯이 타인에게도 그렇게 하라." 현대적인 관점에서 본다면 자신을 엄하게 억압하는 자세는 살아가는 데 있어서 위해를 줄 뿐이다. 마찬가지로 상대를 자기 맘대로 사랑이라는 이름으로 얽매는 자세도 해를 줄 뿐 아무런 도움도 되지 않는다.

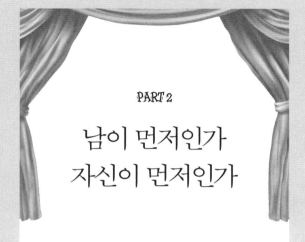

PART 2

남이 먼저인가
자신이 먼저인가

무슨 일이든 절대 타협하지 않으면서 느낌이 좋은 사람이 되는 것.

'자신'을 지켜내는
'용기'를 품어라

Positive vitamins

　제인은 임신 중이었다. 그것은 의심의 여지가 없었다. 그리고 공포감이 그녀를 엄습하고 있었다. 어둠 속에 뭔가가 가라앉아 있어 그녀를 위협하고 있는 기분이 들었다. 그 불길한 손길이 지금 당장이라도 목을 통해 입 밖으로 뻗어 나올 것 같았다.

♣ '자신을 소중히 여기며 살기' 위한 우선순위

　그녀는 어떻게 해서든 냉정을 되찾으려고 한 시간이나 꼼짝도 하지 않고 앉아 생각에 잠겨 있었다. 고양이가 무릎에 올라와서 몸을 쭉 펴고 있었고 창밖에는 눈발이 흩날리고 있었다. 임신, 이제 어떻게 하면 좋단 말인가?

아이를 바라지 않는 것은 아니다. 결혼한 지 벌써 3년, 남편 톰과 몇 번이고 이 점에 대해 진지하게 이야기를 나누어왔다. 그러나 너무나 큰 문제라 결론을 내릴 수 없었다. 결과적으로 일이 고민의 씨앗이었다. 10년 동안이나 노력하며 고생해 온 일. 그런데 어머니는 마치 애들 장난처럼 취급하며 일을 그만두라고 종용하고 있다.

톰은 일하는 것에 대해서는 아무런 문제도 제기하지 않았을 것이다. 톰은 지금까지 살아온 삼분의 일의 시간을 성공을 하기 위해 아무런 노력도 하지 않았다. 인생에서 뭔가 가치가 있는 일을 위한 준비에 그만큼의 시간을 할애하는 일이 톰에게는 앞으로도 없을 것이다. 그럼에도 불구하고 그는 그의 성공을 방해하는 모든 것으로부터 안전하다. 왜냐하면 톰은 남자이기 때문이다.

"너는 정말 이해하기 힘들 정도로 이기적이구나." 어머니는 이렇게 말한다. "여자라면 언젠가 결혼을 하고 아이를 낳아야 하는 거야. 너는 정말 믿기 힘들 정도로 이기적인 아이구나.”

과연 정말로 그럴까? 제인은 이해할 수가 없었다. 그녀는 마음속으로 이렇게 속삭이고 있었다. ‘그렇지 않아.’ 제인은 어머니의 생각에 반발을 했다. 제인은 자신이 인내심 강한 자궁처럼 변하는 모습을 상상하며 치를 떨었다. 자신의 감정을 억누르며 살아야 한다니! 제인은 씁쓸한 마음으로 친분이 있던 여성들에게 자신의 마음을 털어놓았다. 자신의 어머니처럼 자신을 억누르며 살아온 여성들이었다.

예를 들어 프리튼 부인. 그녀는 대학 시절의 동기이자 아주 재미있고 영리한 사람이었다. 그런데 지금은 그녀에게서 기발한 재치를 더 이상 볼 수 없게 됐다. 아기를 돌보고 저녁 준비에 바느질, 이것이 그녀 일의 전부였다.

제인은 모든 여성들이 일을 해야 한다고 주장하는 것은 아니다. 그러나 수 년에 걸쳐 자신의 가치를 높이기 위해 노력을 기울이는 사이 일은 더 이상 그녀와 떼려야 뗄 수 없는 관계가 된 것이다. 그러자 일을 희생해야 한다면 결혼이라는 화려한 체험도, 아이를 갖는 것도, 전부 고통스러운 의무처럼 느껴지게 됐다. 그것이 고민의 씨앗이었던 것이다.

결혼생활을 하면서 무자비한 의무만 쌓아간다면 어떻게

될까? 기쁨이어야 할 결혼생활에서 그 기쁨을 앗아가 버리는 것이다. 원래 결혼생활은 너무나도 멋지고 자연스러운 일이다. 그런데 사람들이 결혼을 하면 자기부정을 해야 한다고 입이 닳도록 말하니 기쁨도 그와 함께 퇴색돼 버리고 마는 것이다.

♣ 자신에게 솔직해야 자기 삶을 산다

그런데 정말 아이를 키우며 일을 하는 것이 불가능한 일일까? 대부분의 사람들이 두 가지 일을 병행하고 있다. 제인의 생각은 임신에서 멈춰버리고 말았다. 문이 열리고 톰이 달려들어왔다. 얼굴은 흥분과 분노로 일그러져 있었다.

"당신을 만나니 반갑군. 이야기가 갑자기 길어져서 말이야. 당신 아버님하고 처갓집 식구들과…" 그러더니 그는 가족을 흉봐서 아내에게 상처를 주고 싶지 않다는 듯이 잠시 한숨을 쉬었다. "처갓집 식구들은 내가 당신 일을 그만두게 해야 한다고 하더군. 여자가 일을 하는 게 전혀 맘에 들지 않는 눈치였어. 아내의 의무가 '이렇다 저렇다'하는 소리 때문에 이야기가 길어졌지. 그런 생각들을 하다니 정말 끔찍하더군."

제인은 기뻐하며 무작정 남편의 품속으로 뛰어 들어갔다.

"아아 톰, 톰. 당신이 그렇게 말해 주다니. 나는 일을 계속하고 싶어요. 여태까지 이를 악물고 여기까지 왔으니까요. 일이 달콤한 음악처럼 만만하지는 않지만 내게는 너무나 소중해요. 모두가 겉으로는 아주 그럴듯하게 살고 있지만 실제로는 자신을 소홀히 대하고 있어요. 나는 단순히 내 욕심 때문에 고집을 피우고 있는 게 아니에요."

"당연하잖아." 그는 큰 소리로 대답했다. 그리고 제인을 따뜻하게 위로해 주었다.

"이미 시대가 바뀌었어. 애정과 의무 사이에는 그 사람들이 상상하고 있는 모순 따위는 더 이상 없다고. 그건 단순한 미신에 불과해. 모든 여성들에게 자신의 일을 지킬 권리가 있어. 설령 그것이 남들에게 아주 힘들어 보이는 일이라고 해도 말이야."

제인은 남편을 바라보며 말했다.

"내가 이렇게 열심히 하고 있는 건 한 가지 삶의 방식을 위한 거예요. 그건 내가 나인 권리를 지키는 거예요. 나는 그저 당신의 아내, 아이들의 엄마로만 살고 싶지는 않아요. 그냥

주부로만 살고 싶지 않아요. 모든 여자들이 밖에 나가서 일해야 하는 것도 아니고, 뭔가 특별한 일을 할 필요도 없어요. 하지만 나는 그냥 나이고 싶어요.

단순히 일에 집착하고 있는 게 아니에요. 일이라면 얼마든지 버릴 수 있어요. 하지만 내가 제인이라는 건 버릴 수 없어요. 하지만 모두가 그렇게 하라고 비난하고 있어요. 나는 이제 알았어요. 의무 속에 파묻혀 사는 여자들이 어째서 그렇게 됐는지 이제 겨우…. 그녀들은 자신과 타협을 한 거예요. 섹스어필을 포기한 채 반은 살아 있고, 반은 죽은 채로 살아가야 하는 사람이 되어 버린 거죠. 나는 절대로 그렇게 할 수 없어요. 절대로….”

톰은 제인을 꼭 껴안아 주었다. “내가 있잖아. 당신은 미국에서 가장 많은 이혼 사유가 뭔지 알아?”

“아니, 뭐예요?”

“자신을 억압하는 거야. 당신 부모님들과 같은 사람들이 주장하는 것처럼 자신을 억압하는 것 말이지. 여성들은 그렇게 자신의 존재를 잃어버리게 되는 거지. 남자가 매력을 느끼고 결혼한 당사자는 사라져 버리는 거야. 남편들에게 남는 것은 흔히 말하는 그것….”

"어머니." 제인이 말을 끊었다. "주부, 관습, 의무죠. 나는 지금 막 인생은 그런 거라고 체념해 버릴 뻔 했어요."

남에게 '호감' 얻는
사람의 '자기 연출법'

Positive vitamins

　　현대과학에 의하면 당신의 대부분은 부모로부터 물려받은 염색체로 이루어져 있다. 선조 대대로 이어져온 정신적 잠재능력이 전해지는 것은 선조의 생식세포가 분열하는 순간이다. 이 설에 따르면 당신은 특정 활력을 물려받아 하나의 인간으로 완성되는 것이다. 그 활력이 당신의 행동을 크게 좌우한다.

　　당신이 건강하고 강한 분비기관을 가지고 있다면, 그것이 당신을 훌륭한 인간으로 만들어주는 것이다. 역으로 분비기관이 약해서 말을 듣지 않게 된다면 건강하고 쾌적한 생활은 힘들어질 것이다. 정신상태도 불안정해질지 모른다.

그러나 그것은 명예도 아니고 결함도 아니다. 당신은 건강한 기관의 혜택을 받았을 수도 있고 그렇지 않을 수도 있다. 우수한 두뇌를 가졌을 수도 있고 평범한 두뇌일수도 있다. 뛰어난 능력의 소유자일수도 완전히 무능력한 사람일수도 있다. 엄청난 가능성을 가졌을 수도 있고 그렇지 않을 수도 있다. 그러나 당신이 스스로 그것을 깨닫고 있든 아니든 간에 그것은 당신의 책임이 아니다.

♣ 애완견이 '사냥개'가 될 수 있을까

감정적인 일에 관해서는 이런 사실이 더욱 명확히 드러난다. 인간의 원시 감각적 성향이라 불리는 것. 바꿔 말하자면 본능의 요구와 충동적 유혹이 강해졌다가 약해졌다가 한다. 다시 말해 분노, 공포, 섹스, 놀라움, 이와 동반되는 모든 느낌과 감정 등에 의해 미친 듯이 갈망하거나 혹은 너무나 가벼운 반응만 보인다.

이 또한 자연이 행하는 법칙이다. 본인 스스로 아무것도 할 수 없는 생명 속에 정해져 있는 것으로 당신이 비난당할 일은 없다. 당신이 타인에게 천사와 같은 행위를 하지 않는다고 해서 스스로를 자책하라고 가르치는 것은 모두가 악의로 가득한 사이비다.

더 이상 "나는 그런 사람이다."라고 하는 죄의식을 털어버리지 않는 한 운명을 본인의 마음대로 조종하거나 성가신 일을 현명하게 처리할 수도 없다. 당신은 곤란을 극복하는 데 모든 주의를 기울여야만 한다. 본인 스스로 감시의 눈을 돌릴 필요가 없다.

실패의 최대 원인은 자기 불신, 자기 비난, 자의식 과다이다. 그 다음으로 본인답지 않게 남의 눈을 의식해서 노력하는 것, 그리고 본인이 결코 이룰 수 없는 것을 위해 악전고투하는 것이다. 단순히 누군가가, 아니면 뭔가 상황의 요구 때문이라는 이유만으로 힘겨운 노력을 하는 것이다.

당신은 지금과 다른 신경을 가질 수도 없으며 다른 사람의 뇌를 자신의 것으로 만들 수도 없다. 타인의 능력을 본인 마음대로 쓸 수 없으며 그 사람과 같은 능력을 가지려고 하는 것도 무리이다. 반면에 타인이 한계라고 여기는 것이 당신에게는 한계가 되지는 않는다.

품고 있는 문제를 잘 처리하기 위해서는 자신의 인격을 왜곡시키고 있는 원인을 찾아내 감춰진 능력을 발휘해야 한다. 의무감만으로 움직이는 것을 거부하고 당신의 내면에 잠재되어 있는 재능을 발견해서 표현하는 것이야말로 가장 큰 도움이 된다. 집을 지키는 개를 사냥개로 만들 수 없고, 사냥개에게 집을 지키게 하는 것도 무리이다.

선천적으로 가지고 있는 성질을 잘 파악하는 것은 더 나은 자신이 되기 위해 반드시 필요한 것이다. 그것은 누군가가 옳다고 해서 따르는 것이 아니라 당신 스스로 하나의 독립된 인간임을 다짐하는 것이다.

본인이 안정돼 있다면 더 이상 아무것도 하지 않아도 된다. 스스로 불필요한 강요를 할 필요가 없다. 당신이 당신다워야 하는 것 이외에 아무런 의무도 없다.

일과 관련된 모든 문제, 결혼 생활에서 요구되는 것, 가정에서 필요한 것, 사회의 습관 등이 당신이 당신다워야 하는 것 이외의 '모든 의무'를 당신에게 요구하고 있는 것처럼 느껴질 수도 있다.그러나 그건 착각에 불과하다. 당신이 그냥 그렇게 생각할 뿐이다.

자신의 본래 모습이 아닌 것이 되기 위해 불가능한 일을 해 내려는 긴장감을 모두 털어버리면, 당신의 인생은 훨씬 잘 풀릴 것이다. 긴장을 푸는 것은 이성적으로 판단하기 위해 꼭 필요한 것이며 정신적 지침을 추구하는 데 있어서도 중요하다.

자신이 '완벽하지 않다.'는 죄의식 때문에 당장이라도 질식할 것 같은 사람, 항상 불안하고 신경이 과민한 완벽주의자는 NO라고 단호하게 거절해야 할 때는 작은 목소리로 불평만 늘어놓다가 완성까지 얼마 남겨놓지 않은 상태에서, 자신이 이루어놓은 모든 것을 엉망진창으로 만들어 버리고 만다.

♣ 같은 행동을 하더라도 평가가 다른 이유

나는 사람들에게 자주 이런 질문을 받는다. "남들의 비위를 맞추지 않고 사랑받는 방법이 있나요?"라고. 대답은 아주 간단하다. 무슨 일이든 절대 타협하지 않으면서 느낌이 좋은 사람이 되는 것이 그 방법이다.

"그럴 수 있다면 누가 고생하겠어요?"라는 목소리가 귓가에 울리는 것 같다. 그리고 "타협하지 마라."와 "느낌이 좋은 사람이 되라."라고 하는 둘 사이에는 모순이 있다고 생각하는 사람도 있을 것이다. 그런 사람들은 인간이 자신의 개성을 유지하면서도 타인과 협조할 수 있다는 것을 전혀 이해하지 못하는 사람들이다. 그들은 인격을 갖는다는 것이 거만한 것이라고 생각하고 있다. 이것은 그들이 주로 다음에서 제시할 강한 척하는 유치한 이기주의를 너무 많이 봐 왔기 때문이다.

실제로 대부분의 사람들이 무엇인가에 대해 논쟁을 하거나 제멋대로 행동하는 것이 강한 것이라고 착각하고 있다. 인상이 좋거나 친절하게 말을 하면 자신을 굴복하기 쉬운 성격이라고 여기는 게 아닐까 두려워하고 있는 것이다. 그것은 아무런 근거도 없는 것이다. 지나친 허세는 적을 만들고 만다. 어깨를 으쓱거리며 잘난 척하기 때문에 반감을 사는 것이다. 그런 행동을 하게 되면 사람들은 오히려 당신을 불친절하고 나약한 인간으로 여기게 될 것이다.

인상이 좋다는 것은 성격적 특징이 아니다. 나름의 훈련이 필요한 일종의 기교이다. 항상 느낌이 좋은 사람은 사회생활을 원만하게 할 수 있다. 좋은 느낌을 남겨주는 것은 자신을 지켜준다. 그러나 그렇다고 해서 건방을 떠는 사람을 가만히 지켜볼 필요는 없다.

대부분의 사람들이 믿지 않지만 다른 사람들을 편안하게 해 주기 위해 중요한 것은 당신이 무엇을 하는가보다 상대방이 당신을 '어떻게 느끼는가'이다. 우리는 자신의 마음을 간접적인 방법으로 상대에게 전하고 있다. 예를 들어 눈매, 목소리의 높낮이, 손을 흔드는 모습 등에 의해. 우리를 지배하고 있는 동기는 우리의 행동양식을 드러나게 하는 것과 마찬가지로, 우리가 말하지 않는 것, 혹은 하지 않은 것 속에서도 드러난다.

인간관계에 있어서 상대를 편하게 하겠다고 생각하지 않는다면 상대는 불편을 느끼게 된다. 만약 당신의 마음이 질투와 증오로 가득하다면 최고의 매너 교본을 읽었다 하더라도 인간관계를 잘하는 사람이 될 수 없을 것이다. 인간이라는 '기묘한 생명체'에 대한 흥미와 애정이야말로 상대를 편안하게 해 준다.

♣ '느낌이 좋은 사람'이 되는 법

'느낌이 좋다.'라는 소릴 들을 수 있는 비결은 다음의 두

가지가 균형을 이뤄야 한다. '자기발전의 기본법칙'과 '친밀함의 마법 공식' 사이에서 얼마나 현명하게 균형을 유지하는 것이 중요하다. 다시 말해 본인에게 충실할 것을 다짐하고, 자신과 타협하지 않겠다고 다짐하며, 그렇다고 해서 자신의 방법을 결코 타인에게 강요하지 않는 것이다.

당신은 자신의 이기심만을 만족시켜서는 안 된다. 친구나 지위를 잃고 싶지 않다면 결코 명예를 혼자 독차지하지 말라. 승리를 쟁취했을 때는 당신에게 도움을 준 모든 사람들과 함께 그 평가를 나눠야 한다. 혼자서만 모든 명예를 독차지하게 된다면 결국 빚을 지게 되는 것이다. 당신은 피라미드 꼭대기를 장식하는 보석일수도 있지만, 수없이 많은 돌들이 그 보석을 떠받들고 있다는 것을 잊어서는 안 된다.

모든 점에서 남을 이기려는 사람, 모든 곳에 다 나타나 자기 하고픈 대로 하는 사람, 자기 할 말만 늘어놓는 사람을 좋아할 수는 없을 것이다.

실제로 만약 당신에게 재능이 있다고 하더라도, 사랑하는 능력, 사랑받는 능력이 부족하다면 결코 타인에게 인정을 받지 못할 것이다. 타인에게 있어 당신은 평범한 편이 더 낫다. 함께 있으면 조금이라도 자신이 더 나아 보이기 때문이다.

타인이란 당신이 보통 사람과 별반 다를 게 없는 존재이길 바라는 존재이다. 그러면서도 당신이 자신과 같거나 타인을 모방하는 것을 좋아하지 않는다. 왜냐하면 같은 일을 반복하다 보면 힘들게 얻은 영광의 의미가 퇴색되게 되며 무리 속에서 개성을 잃게 된 인물은 동료로서 매력이 없기 때문이다. 따라서 많은 친구들에게 둘러싸이려면 자신만의 독특한 개성을 두세 가지쯤 가지고 있어야 한다.

개성으로만 똘똘 뭉친 것은 빛나지 않는다. 두세 가지 특징에 의해 빛나는 것이다. 자신의 뛰어난 부분에만 빛을 비춰야 한다. 다른 사람이 적절히 두각을 드러낸다고 여겨지는 토론과 행동에서는 몸을 빼자. 자신이 모른다는 사실을 모르는 사람, 아는 척하는 것이 아니라 충분히 알고 있는 사람은 알기 위해 귀를 기울이게 되어 있다.

결국 '느낌이 좋다.'라는 것은 자신을 흥미로운 존재로 만들 수 있을지에 달려 있다.

짧게 요약한다면, 다음과 같다.

첫째, 편안한 미소를 지을 줄 알고, 그 미소가 바보처럼 보이지 않는다면,

둘째, 농담을 할 줄 알고, 그 농담이 따분한 것이 아니라면,

셋째, 웃을 때 이를 드러내지 않는다면,

넷째, 사람을 사로잡을 수 있게 말을 할 수 있다면,(단 한 번만으로 족하다.)

다섯째, 말솜씨가 좋은 동시에 잘 들어줄 줄 안다면,

여섯째, 즐길 줄 알면서 업무 능력도 뛰어나다면,

일곱째, 할 수 있다고 한 것을 해낼 수 있다면,

여덟째, 남에게 받기만 하는 것이 아니라 줄 줄도 안다면,

그리고 이것들을 여유를 가지고 할 수 있다면, 당신은 마음을 함께 나눌 수 있는 친구들로 둘러싸이게 될 것이다.

타인의 가치관에
자기 삶을
맡기지 말라

Positive vitamins

이 단막극은 인간관계에 대한 상황이다.

등장인물

로스 로만 :목사

앨리스 로만 :목사의 아내

아비 로만 :목사의 여동생

플로렌스 로만 :목사의 딸

| 제1장 |

침실. 로스가 편지를 읽고 있다. 그는 안경 너머로 아내를

바라보고 있다.

로스   딕이 또 200달러를 보내 달라고 하는군. 그러면 가
게가 일어설 때까지 어떻게든 버틸 수 있겠다는데.

앨리스 처음에 돈을 가져갈 때도 똑같은 말을 했잖아요.

로스   그랬지. 하지만 어쩔 수 없는 상황이잖아.

앨리스 5년 전에 프라이드치킨 사업을 시작할 때도 속았
잖아요. 대박이 나면 당신과 나누겠다고 했잖아요.

로스   앨리스, 하지만….

앨리스 이제 질렸어요. 언제까지 '하지만' 타령이에요. 아
비도 늘 '하지만' 타령이죠. 제가 뭘 좀 하려고 하
면 꼭 참견을 하죠. 당신도 제가 좀 편안하게 지내
려고 뭘 사려고 하면 꼭 반대를 해요. 저는 당신 가
족들에게 송금하기 위해 죽어라 일하며 절약했다
고요. 하지만 이제 더 이상 참을 수 없어요. 빌려간
돈에 대한 청구서를 전부 다 보내주겠어요.

로스   하지만, 앨리스….

앨리스 제발 하지만이라는 소리 좀 그만하세요.

로스   앨리스… 내 말 좀 들어봐. 나는….

문이 쾅 하고 닫히고 로스는 생각에 잠긴다. '늘 딕이 해 달라는 대로 해 줘야 하는 이유가 있을까? 우리가 사촌지간이기는 하지만 그렇다고 해서 언제까지 혈연관계에 연연해야 하는 것일까?

아비는 달라, 그 아이는 내 친동생이니까. 그런데 정말 다른 것일까? 아비는 교육을 받은 속기사니까 충분히 일을 할 수 있어. 그 애 말대로 '낮은 지위'에 안주하고 있는 것 때문에 스스로 자존심에 상처를 입는 것뿐이야. 그게 그렇게 나쁜 것일까? 하지만 여동생은 그렇게 돈이 많이 필요하지도 않고 귀찮지는 않아.' 적어도 로스는 여동생 때문에 그다지 곤란을 겪었다는 느낌은 들지 않았다.

문이 열리고 딸 플로렌스가 울면서 뛰어 들어왔다.

플로렌스 고모가 머리가 너무 아프다고, 아비 고모가 피아노를 치지 말래요. 고모는 이번 주 내내 머리가 아프다고 했어요. 저는 피아노 연습을 하지 않으면 절대로 실력이 늘지 않을 거예요.

로스   하지만, 플로렌스….

플로렌스 아빠가 무슨 이야기를 할 지 알고 있어요. 조금만

참으라는 거죠? 벌써 3년이나 참았어요. 고모가 온 뒤로 완전히 자유가 없어졌어요.

로스 하지만, 플로렌스… 너는….

플로렌스 알아요. 그렇지만 싫어요. 고모를 이해하라는 소리는 더 이상 참을 수 없어요.

로스 하지만 너는 고모를 사랑….

플로렌스 저한테는 그런 의무가 없어요. 그냥 아빠가 억지로 강요했잖아요. 저는 고모가 너무 싫어요.

이 순간 로스 로만은 아내가 문 앞에 서 있는 것과, 여동생이 아내에게서 3미터도 떨어지지 않은 복도에서 몸을 움츠리고 있는 것을 눈치 채지 못했다. 두 사람은 틀림없이 플로렌스가 한 말을 다 들었을 것이다.

로스 당신은 딸이 고모에게 저런 소리를 하도록 내버려둘 거요, 앨리스?

앨리스 네, 그래요. 저는 저 아이가 자랑스러워요. 제게 저럴 기력이 남아 있다면 좋겠네요. 플로렌스와 제가 집을 나갈게요. 그리고 두 번 다시 돌아오지 않겠어요.

로스   하지만 앨리스⋯. 교구 사람들을 한 번 생각해 보
　　　라고. 사람들이 뭐라고 하겠어?

복도에서 사람 그림자가 앞으로 다가섰다.

아비   나를 위해 생각해 주는 게 그 정도였군요. 저는
　　　오빠의 평판을 높여 주기 위해 여기 있는 게 아니
　　　에요. 이제 나가겠어요. 지금 당장 나갈게요.

제2장

다시 침실에서 막이 열린다. 로스는 편지를 읽으면서 안경 너머로 아내를 바라보고 있다.

로스   아비에게서 편지가 왔어.

앨리스   그래요.

마치 무시를 하듯 전혀 관심이 없다는 말투다.

로스   당신에게 안부를 전해 달라는군.

앨리스   그래요.

로스   고맙다고 전해 달라는군.

앨리스   (날카로운 목소리로) 뭐가 고맙다는 거죠?

로스   이 집을 나가서 자립할 수 있게 해 줘서 고맙다고 하는군. 결혼도 할 거라네.

앨리스   정말요?

로스   정말이야. 여기 있었다면 아무것도 할 수 없었을 거라는군. 지금은 당신을 이기적이라고 생각하지 않는대. 자신을 그렇게 오랫동안 이곳에 머물게

한 내가 더 이기적이라고 하는군.

앨리스　맞아요. 그건 사랑이 아니었어요. 남들의 이목이
　　　　무서웠던 거죠.

로스　　지금도 그렇게 생각할까?

앨리스　그렇지 않을까요? 솔직히 말해서 그럴 거예요. 이
　　　　곳을 떠난 게 고모에게는 훨씬 좋았을거예요.

로스　　(천천히) 그래…, 그랬던 것 같군.

♣ 자신의 삶을 이끌어가는 용기

거의 대부분이 이렇다고 할 수 있다. 우리가 깨달을 수 있
는 최고의 이기주의 중에 하나는 집 안에서건 밖에서건 간에
자신감이 없는 친척들을 부양하는 것이다. 그들을 기생충과
같은 상황으로 내몰고 몰래 자기 만족감을 부풀리고 있는 것이
이다.

셀 수 없을 정도로 많은 아이들이 숙부나 숙모, 형제자매,
사촌, 남에게 기생해 살아가는 친구들 때문에 희생양이 되어
야 한다. 때로는 집안에서 가장 심각한 정신적 영양실조가 만

연하고 있는데도 불구하고 '침입자들'이 배를 불리고 있는 경우도 있다. 그리고 이 모든 일들이 미덕이라는 명목 하에 이루어지고 있다. 게다가 젊은이들을 혼돈에 빠지게 만드는 것은 대부분의 경우 그들의 몫을 갉아 먹는 사람들에게도 전혀 도움이 되지 않는다는 것이다. 아비는 플로렌스의 미래를 망치고 있었으며, 그로 인해 아비 또한 상처를 입게 됐다.

가족 중에 누군가에게 좋지 않은 것, 건설적이지 않은 것은 그 가족 모두에게 있어서도 좋지 않은 것이다. 본인 스스로 삶을 감당할 수 없다고 주장하는 사람을 먹여 살리기 위해 자신을 희생하는 것은, 결국에 가서는 부양을 해 준 사람까지 상처를 입히게 되는 것이다. 인생은 성장을 하기 위해 있는 것이다. 나태하고 이기주의에 빠지기 위해 삶을 살아가는 게 아니다.

우리는 이 문제를 곰곰이 생각해 볼 필요가 있다. 그것도 아주 철저하게. 지금 상태로는 친척들이 그저 고통을 안겨 주는 대상에 지나지 않는다. 또한 때로는 죽음을 초래하는 병균이나 저주에 지나지 않는다.

당신이 해야 할 일은 당신밖에 모른다. 비난을 두려워하지 않게 됐을 때 그것을 깨닫게 될 것이다. 누군가에게 그런 부탁을 받았다면, 그것은 절대로 의무가 아니다. 그럴 경우 깨끗한 양심을 가지고 부탁을 거절하는 방법은 딱 한 가지뿐이다. 그 부탁이 자신이 바라는 인생과 어떤 관계가 있는지를 파악하는 것이다. 부탁을 한 사람이 누구든 간에 당신이 그 부탁을 들어줘서 상대만 만족하는 것이라면 거절을 하라. 그와 같은 용기를 가지고, 그것이 우주의 법칙으로 정해진 책임이 아니라는 것을 깨닫게 됐다면 어떤 상황이든 거절을 하는 것이다.

나는 환자를 진료하면서 다음과 같은 편지를 자주 받고 있다.

"내 인생은 싸움을 좋아하는 가족들 때문에 고통스럽습니다. 그들은 내 돈도, 정력도, 시간도 아무렇지 않게 낭비합니다. 어머니는 피를 나눈 식구들을 부양하는 것이 저의 의무라고 합니다. 그들은 모두 아무런 도움도 되지 않는 게으름뱅이들입니다. 이런 인간들을 제가 정말로 부양해야 하나요?"

답장은 이랬다.

"아니요. 남들의 이목에는 절대로 신경을 써서는 안 됩니다. 자신이 해야 할 일만 생각하면 됩니다. 쓸데없는 생각은 할 필요가 없습니다. 당신이 그렇게 무거운 짐을 짊어질 필요는 없습니다. 당연한 권리를 누릴 수 있는데 일부러 통행료를 지불해가면서 모든 사람들을 떠안게 된다면, 당신은 쓰러지고 말 것입니다. 세상에는 구걸하는 삶을 추구하는 사람들로 넘쳐납니다. 당신이 스스로 일어서야 한다는 것을 신봉한다면 남들도 똑같이 그렇게 해야 한다고 믿으십시오. 건강한 사람을 업고 다니면 그 사람을 나약하게 만들고 맙니다."

♣ 자신의 인생을 '먹잇감'으로 삼지 말자

우리는 자신의 인생을 망치고 있는 사람들의 이름을 열거하길 꺼려한다. 왠지 불성실하게 느껴지기 때문이다. 하지만 정말 그럴까? 자신의 인생을 먹잇감으로 삼아 버리면, 언젠가 당신의 사랑에 대한 소유권을 주장하는 사람들을 증오하는 날이 올 것이다. 처음부터 솔직해지는 것이 훨씬 친절한 것이다. 누군가를 증오하고 죄의식을 느끼는 것은, 누군가를 사랑하고 뭔가를 얻어낸 것처럼 느끼는 것과 마찬가지로 어리석은 것이다.

그리고 어쨌거나 가난한 친척들을 지속적으로 사랑하는

것은 불가능한 일이다. 혈연관계를 파고드는 사람은 언제나 빈틈이 없으며 포기할 줄을 모르기 때문이다. 사기가 만연하고 있는 것은 사회뿐만이 아니다. 그것은 가정에서도 마찬가지다. '가정'을 공정한 곳으로 만들지 못하게 하는 인간들의 책략을 부디 조심하길 바란다.

집안에서 가장 나약한 인간의 횡포는 이기주의가 강한 사람보다 끝이 좋지 않다. 작은 구멍은 언뜻 보기에 별거 아닌 것처럼 보이지만 낭떠러지나 절벽보다도 위험하다. 그들이 벌벌 떤다고 해서 그것에 속아 폭군들이 당신의 인생을 망치지 않도록 주의하기 바란다. 그들은 말썽이 일어나길 바랄 뿐이다.

의무란 하나의 마음상태이자 당신이 그렇게 믿고 있는 것이다. 과거 사람들은 육체를 가지고 있는 것 자체만으로도 죄라고 믿었다. 당신의 의무는 이해력이 성장함에 따라 달라진다. 그것들은 당신이 어떻게 받아들이는지에 따라 정착된다.

화가 위슬러는 위대한 그림이란 캔버스에 무엇을 넣지 않아야 하는지를 깨닫게 됨으로써 그릴 수 있다고 했다. 인생에서 성공할 지는 무엇을 하지 말아야 하는지를 깨닫는 데 달려 있다. 언제 'NO'라고 해야 하는지를 깨닫고 확실하고 단호하게 말할 수 있는 사람은 이미 싸움에서 반은 이긴 셈이다.

자신이 생각하고 있는 것이 옳다고 생각하고 그것을 바꿀 생각이 없다면, 온화한 말투에 확실한 태도로 사람들에게 그렇게 말하라.

♣ 어떤 상황에서도 '대가'를 기대하지 말자

인생의 역경에서 벗어나는 지름길

첫째, 싫고 마음에 들지 않는 일이라면 간결하게 그렇게 말할 수 있도록, 그리고 그렇게 고집할 수 있도록 연습할 것.

둘째, 귀찮은 편지를 써야 할 때는 요점만 간단하게 표현할 것.

셋째, 재촉을 하면 처음 썼던 편지와 똑같은 것을 몇 번이고 필요한 만큼 보낼 것.

넷째, 눈을 꼭 감고 앉아 있는 것은 모든 일이 실패로 돌아갔을 때에도 훌륭한 대답이 될 수 있다는 점을 기억할 것.

다섯째, 상대의 입술을 뚫어져라 응시하고 결정적인 한마디를 할 것. "설마 당신과 의견이 다를 줄이야."

끝까지 해 낼 수 없는 책임을 떠안아서는 안 된다. 그리고 거절할 때는 단호하게 거절하라. 이것은 모든 문제를 해결해 줄 수 있다. 처음부터 확실하게 담판을 짓는 것이 마지막까지 질질 끌려가는 것보다 낫다. 이미 약속을 했더라도 자주성을 지켜야 한다. 어리석은 일에 동의를 해 버렸다면 약속에 연연해서 반드시 약속을 지켜야 한다고 생각할 필요는 없다. 당신에게는 마음을 바꿀 권리가 있다.

맹세는 자기 자신에게 해야 하는 것이다. 자신의 의지를 따르면 된다. 어떤 말로 표현하든 간에 다른 사람에게 하는 것이 아니다. 맹세는 도움이 될 때만 효력이 있는 것이다.

극단적인 예로 내가 식인종이고 당신과 함께 먹기 위해 동료를 죽여서 데려간다고 약속을 했다고 하자. 나는 그런 살인 행위가 사악한 것이라고 깨닫지 못하는 한 약속을 지킬 것이다. 이 약속의 사악함을 깨닫는다면 약속 따위는 더 이상 아무것도 아니다. 그렇다고 해서 내가 당신과의 약속을 깬 것은 아니다. 인생이 그 약속을 무효로 만든 것이다. 이것은 어떤 약속이든지 간에 들어맞는 진실이다.

사람에게 호감을 주기 위해 기억해둬야 할 법칙이 있다. 뭔가 대가를 바라면서 호의를 베풀지 말아야 한다. 설령 감사의 말이라 할지라도 대가를 기대하고 호의를 베풀어서는 안 된다. 주고받는 것으로 치부할 문제도 아니다. 당신이 호의를 베풀고 상대는 그 호의를 받아들인다. 상대에게 당신이 시간과 심혈을 기울인 것을 베풀든지, 아니면 자신은 그다지 관대하지 않다고 인정하든지 둘 중에 하나이다.

친절에 대한 보수를 바라는 것만큼 어리석은 것이 없다. 사례를 기대하고 있다 보면 어디선가 찬바람이 불어와 아름다운 배려도 단순한 자랑거리로 전락하고 만다.

다시 말해 이 '부탁을 거절'하는 문제에 있어서는 자신에 대해서, 혹은 상대에 대해서만 생각하는 것만으로는 부족하다. 진정한 협조를 기반으로 서로 돕는 정신을 살려 나가도록 노력해야 한다.

상대의 부탁이 부담스럽다면 그것은 인간의 기본적인 권리, 타협을 해서는 안 된다는 기본 방침을 침해하는 것이다. 게다가 단순히 이기심을 만족시키기 위한 호의는 삼가야 한다. 인생이 전진적이고 비약적으로 발전하고, 당신을 위한 것이 상대를 위한 것도 될 때에만 그 도움은 현명하다고 할 수 있다.

'지금의 자신'을
성장시키는 데
최선을 다하라

Positive vitamins

　　자신에게 맞지 않는 일이라면 오히려 실패하는 게 나은 경우가 자주 있다. 만약 실패하지 않았다면 다른 삶을 선택할 수 없어 사회의 영원한 노예로 전락해 버리기 때문이다. 자신에게 맞지 않는 일은 지속할 수 없기 때문에 모든 실패를 기쁨과 감사의 마음으로 웃어넘기면 그뿐이다.

　　아무런 야망이나 활력을 전혀 느낄 수 없는 젊은이를 만나더라도 형편없는 놈이라고 단정해서는 안 된다. 자신에게 맞지 않는 일을 해야 할 때 얼마나 짜증스러웠는가? 그렇다면 지금 당신의 생활 방식을 그대로 지속해서는 안 된다는 경고이다.

하지만 이런 말을 들은 당신은 인간은 먹고살기 위해 일을 해야만 하고, 살기 위해서는 먹어야 한다고 말할 것이다. 그것은 당연한 일이다. 그러나 현대의 효율주의 문명사회에서 사람들은 직업적 적성에는 거의 관심을 기울이지 않고 있다는 것을 일단 말해두고 싶다. 사람들은 그런 적성과 아무런 상관없이 자동차를 팔거나 주식을 사고 있다. 하기 싫은 일을 억지로 하다가 실패하는 모습은 차마 눈을 뜨고 볼 수 없다. 그러나 이런 잘못이 끊임없이 반복되고 있다.

♣ '일상의 업무가 즐거워지는' 간단한 방법

당신을 고용하고 있는 사람은 누구든 이기적인 동기로 당신을 고용하고 있다. 당신은 당신에게 지불하는 월급보다 훨씬 가치가 있다. 당신이 건강하고 활력에 넘치고 유능하다면 당신의 직장은 보장될 것이다.

직장을 찾고 있을 때는 반드시 이렇게 자문해 보길 바란다. "나는 내 삶의 방식 전체를 고용해 주길 바라고 있는가?

현재 상태에서 나다운 삶과 일을 함께 추구할 수 있을까?" 이 것이 일에 대한 적응성을 알기 위한 첫 질문이다.

인간은 '일을 하고 있는 사람'과 '일을 하길 바라고 있는 사람' 두 종류가 있다. 일을 하고 있는 사람들은 자신을 없어서는 안 될 존재로 만들기 위해 열심히 노력하지만, 단순하게 일을 하길 바라는 사람들은 자기표현을 위해 일을 하고 싶은 것이다.

일을 하는 데 있어 제멋대로에 게으른 탓이 아니라 특별한 재능이 있기 때문에 문제를 해결하기 어렵게 하는 경우가 있다. 하지만 그 사람이 아무리 다른 사람보다 뛰어나든 독특하든 간에, 정말로 일을 하고 싶은 건지 아니면 자기표현을 하고 싶은 것인지를 확실히 해야 한다. 그리고 당신이 안심하고 싶다면 자신의 신념을 굳게 믿고 내적 갈등을 피하면서 경제적인 보장을 추구해야 한다.

예를 들어 하루에 8시간 동안 벽돌을 쌓는 일을 하면서 짬짬이 저녁시간에 봉사활동을 할 수도 있다. 일을 하면서 자신의 적성에 대해 신중히 검토할 수도 있는 것이다.

자신이 아무리 진보적이라 할지라도 사회와 본인의 세상과 어울리지 않는 점이 겉으로 드러나지 않는 분야의 일을 선택한다면 사회와 부딪히는 일이 없을 것이다. 운을 잡기 위해서는 먼저 현재 속하고 있는 세상과의 관계에 있어 자신의 개성을 효과적으로 체계를 세워 살려야 한다.

대부분의 업무적 문제를 해결하는 비결은 다음의 네 가지이다.

첫째, 자신이 살고 있는 사회와 시대에 순응할 것.

둘째, 타협을 하지 말 것. 다시 말해 자신의 내면에 있는 것에 대한 견해와 신념을 유지하고 그것을 강화시키기 위해 끊임없이 노력할 것.

세째, 자신의 일이 무엇이든 간에 자신의 모든 능력을 그 곳에 집중시켜, 자신의 가치를 높이고 자신의 노동을 세상에 필요로 하는 것으로 만들 것.

네째, 취미를, 혹은 돈벌이와 상관없는 '배출구'를 만들 것. 그것은 자신의 내면에서 들끓고 있는 창조력을 만족시키기 위함만이 아니라, 그런 힘을 발휘할 수 있도록 보다 나은 사회적 경제적 상황을 만들어내기 위함이다.

인간은 이렇게 모든 면에서 균형을 유지할 수 없기 때문에 실패하는 것이다.

어정쩡한 상태거나 지나치게 순응할 때 오히려 실패하게 된다. 사회규범을 생각해 본다면 순응할 수밖에 없는 것은 당연하지만, 타협한 삶을 관대하게 봐주는 한 그 비뚤어진 영향력은 끊임없이 판을 칠 것이다.

♣ 미래의 자신에 관해 '전기'를 써 보자

노버트 웨일즈는 오랫동안 자신의 미래에 대해 고민하며 불안해하고 있었다. 자신이 무엇을 어떻게 해야 할지 모르고 있었던 것이다. 모든 사람이 '기회'나 '의욕' 등에 대해 떠들어대는 동안에 그는 계속해서 의문을 품고 있었다.

그는 너무나 많은 좌절을 맛봐 왔기 때문에 어떤 일에 대해서도 진심으로 믿을 수가 없었다. 그래도 그런 경험을 통해 확신할 수 있는 것이 조금은 남아 있었다. 이 젊은이는 이야기를 나누는 것과 변화무쌍한 것을 좋아했다. 그래서 어슬렁거리고 돌아다니는 것은 좋아했지만 일상적인 반복은 고통스러웠다. 그에게는 변화나 다양성이 너무나 절실한 것이었다. 그러나 아버지는 그가 정해진 일을 할 생각이 없다며 꾸짖었다.

노버트가 직업 상담사와 상담을 해보니 상담사는 자신이 좋아하는 일과 싫어하는 일을 조합해서 생각해 보라고 조언을 해주었다. 다시 말해 노버트가 잘 적응할 수 있는 삶의 방식을 체계적으로 순서를 정해 보라고 말해준 것이다.

상담사는 "당신은 틀에 박힌 일을 할 생각은 없지만 토론이라면 지치지 않고 계속할 수 있군요. 그렇다면 당신은 다른 사람들을 이해시키고 뭔가를 주장하고 선전하는 일에 적합하다는 말입니다. 당신은 심장을 뛰게 만드는 일을 좋아하며 온갖 종류의 사람들과 만날 수 있는 다양성이 풍부한 일을 바라고 있습니다. 그럼 이제 당신의 그런 취향에 맞는 직업이 어떤 것인지 생각해 봅시다. 정말 재미있을 것 같군요."

"그야 그렇지만, 생활을 해야 하니까요."

"뭔가 목적을 가지고 이야기하는 건 재미없을까요?"

상담사는 다시 물었다.

"토론하는게 좋아요. 토론에서 이기면 기분도 좋고……."

"그렇군요. 당신은 남을 설득하고 싶고, 가르치고 싶으며 정당한 이유와 대의명분을 원하고 있군요. 거기에 딱 맞는 직업으로 생명보험의 영업사원을 생각해 본적이 있나요?"

"아니요, 전혀."

"그렇군요. 그 일에 대해 조금 생각해봅시다. 당신의 굴절된 성격을 잘 활용할 수 있을 것이라고 생각하는데. 이 직업을 선택하면 생활이 어떻게 변할지 한 번 상상해보면 어떨까요? 한동안 매일 밤 상상해보면서 이 직업이 당신의 성향에 맞고 좋아할 수 있는 일인지 따져 보는 게 어떨까요?"

직업을 구하는 데는 세 가지 타입의 문제가 있다.

아직 학생이고 자신에게 맞는 직장을 구하기 위해 준비를 하고 싶다는 젊은이, 학교는 이미 졸업했지만 여전히 자신이 무엇을 하고 싶은지 모르는 사람, 그리고 노버트 웨일즈처럼 생계를 위해 잠시 '적성에 맞지 않는 일'을 한 경험이 있는 사람.

적응 원칙은 모두 마찬가지이다. 다시 말해 자신에게 일을 맞추는 것이지, 일에 자신을 맞추는 것이 아니다. 실제로 성공하는 방법은 이것밖에 없다.

앞으로 10년 동안 자신이 어떤 인간이기를 바라는지에 대한 전기를 한 번 써 보자. 물론 그저 바라기만 해서는 그런 미래를 실현시킬 수는 없다. 그러나 열망이라는 의식 속에는 마법의 힘이 감춰져 있다.

자신이 바라고 있는 것이 무엇인지 깨닫고 목표를 확실히 하면 무슨 이유에선지 연쇄작용이 발생하게 된다. 자신이 바라는 것뿐만이 아니라 운명이라는 싸움에서 어떻게 승리자가 될지를 포함해서 이야기를 써 보길 바란다.

일에 대해 생각할 때 한 가지 확실한 것이 있다. 설령 천직을 발견하지 못하더라도 자신이 흥미를 느낄 수 있는 것에 몰두하고 재능을 키워 전념할 수 있는 취미를 철저하게 파고들면, 남자든 여자든 인생에 있어, 아니 사회적으로도 좌절하지 않을 것이다. 항상 이긴다는 마음을 가져라. 그러면 절대로 지지 않을 것이다.

당신이 죽음을 앞두고 있고, 인생을 마감한다고 생각하며 이렇게 자문하고 있는 장면을 상상해보라. "다시 한 번 인생을 살 수 있다면, 정말 중요한 것이 무엇일까?"라고.

죽음을 앞두고 중요한 것이라면 그게 무엇이든 간에 현재가 중요한 것이다.

남에게 휘둘리지 말고
자기 주관대로
살아라

Positive vitamins

　'소문'처럼 무책임하고 타인에게 상처를 입히는 것은 없다. 당신이 소문을 두려워한다면 그것만큼 당신에게 큰 상처를 입힐 강력한 무기는 없을 것이고, 역으로 그저 장난에 불과하다고 여긴다면 그것처럼 무력한 것도 없을 것이다.

　마틸다 할로웨이의 이웃들은 정말 지겨울 정도로 남의 흉을 보지만, 그로 인해 그녀를 괴롭히지는 못했다. "소문? 그게 뭔데?"라는 일관된 태도를 취하고 있기 때문이다. 결국 흥미 위주로 남을 험담하는 것이 아무런 효과가 없다는 것을 깨닫게 되자 아무도 마틸다에 대한 험담을 하지 않게 됐다.

마틸다처럼 처신이 올바른 데다 남의 이야기에 전혀 신경을 쓰지 않는 사람에게 뭔가 이야기를 꾸며내 흉을 본다는 것은 일종의 모독행위이다.

그러나 자신의 삶에 대한 확고한 철학을 가지고 있다면 남들의 험담 따위는 당신에게 아무런 위해도 가할 수 없다.

대부분의 문제는 사람들이 당신의 성향에 반하는 사회적 교양을 믿고 있기 때문에 발생하는 것이다.

예를 들어 당신은 보람이 있는 일을 바라고 있지만 휴가에 대한 보장과 권리도 원한다. 혹은 부모를 필두로 주변의 모든 사람들이 건실한 삶이야말로 이상적이라고 여기고 있지만, 자유로운 삶을 사랑하는 본인은 생각이 다르다. 어쨌거나 당신에 대한 비난이 소음 이상의 것인 이상, 당신은 필요 이상으로 고통을 받게 될 것이다. 그러므로 당신의 삶의 방식이 주변 사람들의 사고방식과 달라서 비난을 받게 된다면 그것은 당신이 무엇을 믿고 있는지를 깨닫기 위한 시험이라고 생각하면 그만이다.

♣ 좋은 의미에서 '둔함'은 하나의 무기

우리에게 있어 마음의 자유야말로 유일한 자유이다. 남의 이야기를 하기 좋아하는 세상에서 자신을 지키는 유일한 방법은 세상에 대해 둔해지는 것이다.

모든 문젯거리를 대처할 때 제1원칙은 자신이 내린 결단의 결과로 자립하고, 둘째로 사회의 판단에서 자립하는 것이다. 그렇지 않다면 그 어떤 충고도 허사가 된다.

문제로 인해 발생하는 초조함을 없애기 위한 세 번째 단계는 '자신의 인격에 성실하라'는 것이다. 자신이 믿는 것을 따르는 사람을 흉볼 권리는 누구에게도 없다. 자신의 진실규범에 의거해 최선을 다하면 그만이다. 이것 이외의 정직함도, 이것 이외의 행복도 없기 때문이다.

만약 당신이 소문이라는 저주에서 자유롭고 싶다면, 제멋대로 남의 험담을 늘어놓는 사람들에 대해 당신이 직접 판단을 내려줘야 한다. 그들을 메마른 나뭇가지에 앉아 시끄럽게 울어대며 썩은 고기를 쪼아대는, 대머리독수리와 같은 것으로 여기면 그만이다.

그러면 당신은 결국 낡은 규범을 깰까 두려워하며 하루하루 살아가는 어리석은 동료들을 불쌍하게 여기게 될 것이다. 그런 사람들은 사소한 사회의 요구에도 거스르지 않기 위해 무리를 하게 돼, 자신의 본 목적을 달성하는 것이 불가능해진다.

그들은 이차적인 것에만 눈길을 돌리고 있는 것이다. 예를 들어 신부 면사포는 무슨 일이 있더라도 전통적으로 정해진 길이여야 한다는 것이다. 낡은 규범에 집착하는 사람들은 복장을 더 중요시 여기며 결혼하는 두 사람의 애정의 깊이와 생활방식 등은 이차적인 것으로 치부한다.

그들은 말하자면 사실보다는 환상에 초점을 맞추는 경향이 있는 것이다. 문명이라는 가장무도회를 받아들이고 그것을 잘못된 '인생'이라 부르고 있다. 그들은 변장을 하면 신용을 받을 수 있다는 듯이 거짓된 가치관으로 인생을 살고 있는 것이다.

당신은 또한 타인에게 판결을 내리는 사람들의 양심은 정말로 모순덩어리라는 것을 깨달을 것이다. 설교를 좋아하는 사람은 사실 도움의 손길을 필요로 하는 사람들이다. 자신의 나약함을 인정하기보다는 그들은 타인의 잘못을 문제 삼는 게 훨씬 편한 것이다. 그러므로 당신을 비난하는 사람은 정작 본인이야말로 비난을 받아야 마땅한 것이다.

♣ 상대해서는 안 될 '트집꾼들'

타인에게 판결을 내리는 것은 자신의 마음속에 악이 숨어 있다는 것을 자백하는 것과 같다. 한 아라비아의 창녀가 하룻밤 사이에 잘못을 뉘우치고 모든 창녀들을 체포하도록 경찰에 신고를 했다. 마음이 사악할수록 앞으로 나서서 동료를 비난하는 것이다.

해로운 독소는 우리의 기억에서 생산된다. 젊어서 방탕한 삶을 살던 남자는 자신의 딸이 남자들에게 속을까 봐 걱정을 한다. 타인에 대한 비난은 자신의 지난날에 대한 잘못의 목록이라 할 수 있다. 그런 사람일수록 남에게 귀가 따가울 만큼 의무에 대해 떠들어댄다.

반면에 일관된 사람이라면 진실을 지키기 위한 책임을 완수하기 위해 침묵을 지킨다.

뜬소문을 좋아하는 사람들은 당신이 제시하는 모든 해결책을 "위험하다. 극단적이다. 부도덕적이다."라며 무조건 문제 삼는다. 줄리엣이 로미오를 사랑한 것은 '위험한 것', 과거 영국의 왕인 에드워드 8세가 빈민을 구제하기 위한 복지정책을 생각한 것은 '극단적인 것', 그가 심슨 부인을 사랑한 것은 '부도덕적인 것'이 된다. 이런 겁쟁이와 약탈자들은 한데 입을 모아 정직한 사랑과 용기를 트집 잡는다.

이런 트집꾼들은 타인의 불행만을 바란다. 당신이 기쁨에 넘치고, 유능하며, 자유로운 것을 눈꼴사나워한다. 그런 사람들은 운명이 당신을 고통스럽게 하길 바라고 있다. 그들의 유치한 의견에 귀를 기울인다면, 당신은 불과 1시간 만에 인생을 망쳐 버릴 수도 있다.

당신은 위선자가 얼마나 도덕적으로 자신을 꾸미고 싶어 하는지 느낀 적이 있는가? 그들은 온갖 종류의 감상적이고 끈적거리는 선량함으로 가장하고 인기에 연연하고 있다.

그들의 도덕적 가르침을 따르는 한, 당신은 사회에 만연한 다른 이상한 것들도 받아들이고 만다. 당신은 그렇게 쉽게 속아서는 안 된다. 머릿속이 망상으로 가득 차 있어서는 문제를 해결할 수 없으며 사람들이 떠들어대는 근거 없는 소문에서 벗어날 수 없다.

♣ 자신을 위한 단 한 번뿐인 인생

그 시대, 그 장소의 도덕은 모두가 따라야 하는 것으로서 항상 사람들에게 강요돼 왔다. 대부분의 사람들은 아무런 생각도 하지 않은 채 그것을 믿어 버리고, 자신들의 타협을 '불필요한 것'이라 합리화시킨다. 그러나 몇 안 되는 정직한 사람들은 표면적인 가치관에 굴하지 않는다.

극단적인 예이지만 딸의 결혼 상대를 아버지가 정하도록 되어 있는 남쪽의 한 섬에, 한 아버지가 살고 있었다고 하자. 그는 세상의 도덕을 중시하는 타입이고, 그와 반대로 딸은 정말로 사랑하는 사람과 결혼하고 싶어 한다고 치자. 서로 어긋난 두 욕구 사이에서 인격은 결국 황폐해지고 말 것이다.

때와 장소, 동료의 도덕규범을 그대로 따르는 사람들은 딸에게 말썽을 피할 수 있는 방법으로 자신을 버리고 사랑을 버리라고 충고할 것이다.

그러나 사회에 대한 부적응이 인격의 문제가 아니라 사회 자체의 결함이라는 것을 잘 알고 있는 우리라면 그 딸에게 그녀가 소속돼 있는 사회의 요구를 거부하라고 충고할 것이다. 단, 그와 동시에 아버지는 그저 사회의 규범에 그저 따르고 있을 뿐이기 때문에 용서하라고 말할 것이다. 딸은 고향을 벗어나 다른 환경과 맞서 싸워야 한다는 것을 괴로워할 수도 있다. 하지만 본인 스스로 결정한 일이기 때문에 신경쇠약 증상을 일으키지는 않을 것이다.

'자신이 바라는 삶의 방식을 관철시키는' 사람만이 인생을 정복할 수 있다. 자신을 불안하게 만들고 있는 환경을 방치하고 있는 사람은 인간 본래의 권리를 포기하는 것이다. 당신의 인생을 결정하는 것은 운이 아니라, 미신을 신봉하는 사람들에 의해 당해야 하는 고통을 없애기 위한 노력이다.

능력이라는 것이 어리석은 금기 사항을 깨닫고 무시할 수 있는 지성을 의미한다면 능력의 문제는 매우 중요하다. 활기찬 인생을 살기 위한 지혜는 본인의 의지에 의해 사는 것에 대한 결과를 두려워하지 않는 데서 시작한다.

『햄릿』에서 폴로니어스가 레이티즈에게 멋진 말을 남겼다. "자신에게 충실해라. 이 말만 지키면 밤이 낮에 이어 오는 것과 마찬가지로 모든 일이 물 흐르듯 흘러 타인을 대할 때도 충실할 수 있다."

어떤 경우, 어떤 상황이라 할지라도 타협은 필요 없다. 그저 당신이 필요하다고 생각할 뿐이다. 자신의 본성을 왜곡시

키는 것, 정상적인 발전을 막는 것을 용기를 내 거부하라. 그
러면 문제는 해결될 것이다.

당신의 인생을 이끌어 줄 긍정 비타민

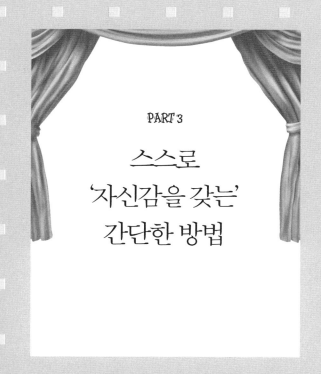

PART 3

스스로
'자신감을 갖는'
간단한 방법

서둘러서 무언가를 생각해야 할 때는 15분 각격으로 머릿속의 신호등을 켜라.

인생에서
'적당하게'
타협하지 말라

Positive vitamins

　　존 콘스터블은 심한 말다툼을 두 번이나 해서 곤경에 처해 있었다. 한 번은 회사 사장과 또 한 번은 아내와 다퉜는데 두 번 다 비참하게 막을 내리고 말았다.

　　"당신은 사람들이 기대를 하고 있다는 걸 전혀 기뻐하지 않아요." 아내 에셀이 말했다.

　　그러나 그는 하고 싶어도 할 수가 없었다. 그는 한 회사에서 기술자로서 12년이나 일하고 있었다. 그동안 그는 문제가 많은 일도 꾹 참으며 견뎌 왔다. 그것은 견고하지 못한 제품을 만들어 회사를 살찌운 것을 의미한다. 그리고 이번에 회사에서 만들라고 강요하고 있는 제품이란 게 마치 사람을 죽이라고 명령하는 것과 마찬가지였다.

"당신은 항상 의욕이 없어요." 에셀은 존을 노려보며 말했다.

"그래서 우리는 늘 이 모양 이 꼴로 사는 거예요. 최근 7년 동안 당신 밑에 있던 사람들이 5명이나 당신을 추월해서 승진했잖아요. 일은 그냥 일이잖아요. 집에서는 피곤할 정도로 이기적인 사람이. 다른 집 남편들처럼 댄스파티나 외식도 시켜 주지 않고 사교클럽 회원도 되지 못했어요. 남들 보기에 창피해 죽겠어요. 당신의 그런 무기력함이 가족의 행복을 전부 망치고 있다고요."

존도 존 나름대로 꽤나 노력을 했다. 아내를 위해 파티나 외식도 수없이 했다.

존은 회사는 물론 가정에서도 어떻게든 하려고 열심히 노력했다 장면들을 씁쓸하게 떠올리면서 기차역을 걷고 있었다. 도망을 친 게 아니다. 그저 달리 할 방법이 없었던 것이다.

그는 사실 중서부 지역에 새로운 일자리에 대한 권유를 받고 있었다. 대학 동창의 아버지가 사장으로 있는 곳으로 직장을 옮기기로 한 것이다. 아내 에셀의 바가지 때문에 아무런 미안함도 느끼지 않고 혼자 출발하기로 마음을 먹은 것이다. 아내의 눈으로 볼 때 존은 낙오자였다.

★ '우유부단한 자신'을 버리겠다는 선언

2년이 경과했다. 존은 오로지 일에만 전념하며 2년이라는 긴 세월을 보내고 처자식을 부를 수 있는 충분한 지위와 경제력을 얻을 수 있게 됐다. 물론 그러는 동안 정기적으로 아내에게 송금을 하고 있었다.

새로운 회사에서 존을 높이 평가해 모든 일이 잘 풀린 것이다. 전에 있던 회사에서는 제조비용이 많이 든다고 거부당했던 아이디어를 팔기 위해 교섭도 했다. 새로 이직한 회사가 그 아이디어를 받아들여준다면 특허 사용료로 생활이 훨씬 윤택했을 것이다.

그런데 아내에게 보낸 편지의 내용을 보면 존의 태도가 확 달라져 있었다. 존은 경제적으로 충분히 안정된 것만이 아니었다. 그는 아내에게 보낸 편지에 이렇게 적었다.

"나는 일과 부부관계에 있어서의 '실패 원인'이 뭔지 깨달았소. 나는 2년 전까지 내가 바라는 것을 얻기 위한 삶을 살지 못했소. 그리고 그대로 낙오자라는 딱지가 붙어 버렸지. 성공하기 위해 무자비한 인간이 될 수 없었기 때문이오. 그래서 하는 수 없이 마음에 들지 않는 일과 타협을 하며 일을 했소. 게다가 내 자신을 위해 살기 위한 용기도 내지 못했소.

지금 나는 나 자신으로서 살기 위해 절대로 타협을 하지 않소. 지금 회사는 내가 타협하지 않고 일을 할 수 있는 행복한 장소요. 내 재능은 이용하지만 다른 압박은 전혀 없소. 그들은 나를 제품의 유용성을 높이기 위해 열심히 일하는 기술자로 인정하고 있소.

친구도 몇 사귀게 됐는데, 모두 나를 있는 그대로 받아들여주고 있소. 만약 당신이 아이들을 데리고 와서 다시 나와 함께 살 생각이 있다면, 내게로 오고 그럴 마음이 없다면 이대로 살아도 상관없소."

에셀은 남편의 곁으로 가기로 결심했다. 그녀는 남편의 편지를 읽고 다시 정열이라는 불꽃이 피어오르며 남편과 함께 인생이라는 모험을 할 결심을 한 것이다.

★ 포기하지 않는 한 인생은 반드시 좋은 방향으로 향한다

우리 모두 이르든 늦든 간에 존과 에셀과 같은 선택을 해야 할 때가 온다. 대부분의 사람들처럼 타협하면서 정말로 자신이 원하는 삶을 포기하더라도 또 다른 성공이란 이름을 이룰 수 있을지도 모른다. 또한 우리가 품고 있는 수많은 문제도 타협하고, 자신의 속내를 감춤으로써 해결하는 경우도 있을 것이다. 적어도 한동안은 궤변을 늘어놓으며 잘 풀어 나갈 수 있을 것이다. 그리고 빈틈없이 남들을 속이며 익살스럽게 넘어갈 수도 있을 것이다.

만약, 존이 그런 종류의 인간이었다면 이전 회사에 있으면서 소비자들을 우롱하는 제품을 만들어낼 수도 있었을 것이다. 그렇게 돈도 벌고 회사의 인정도 받았을 수 있다. 그러나 존은 그럴 수 없었다.

그렇게 산다면 진정한 자기실현은 불가능하다. 진정한 자기실현을 위해서 극복해야만 하는 곤란과 장애를 회피한 것에 불과하기 때문이다.

곤란과 장애를 뛰어넘기 위해 필요한 것은, 결국 성격이나 일관성이다. 우리는 곤란을 이겨낼 수 있다. 자신이 어떤 인간인지를 깨닫고 마음속으로 자신의 천성에 맞는 삶을 선택하겠다고 결심만 하면 된다. 우유부단하게 살고 있기 때문에 욕구불만이 싹트는 것이다.

'의욕'을 되찾는 간단한 방법

Positive vitamins

에벤 스트릭크란드는 미간을 찡그렸다. 솔직히 말해 카운
슬링에 거부감을 갖고 있었기 때문이다. 그러나 그는 최근 신
경질적으로 변했으며, 다행스럽게도 프랑스의 유명한 전문가
가 미국에 체류 중이라는 말을 듣고 힘들게 도움을 청하게 됐
다. 눈 뜨고 코 베어갈 정도로 삭막한 뉴욕에서 고문 변호사
로 몇 년 동안이나 일해 온 것이 신경이상을 일으키게 한 원
인이었다.

"힘든 일이야." 그는 늘 아내에게 고통을 호소했다. "누구
라도 오랫동안 이런 중압감은 견딜 수 없어."

하지만 똑같은 소리를 의사에게 듣고 화가 났다. 그는 내심 의사가 순식간에 자신을 고쳐줘서 이 상태로 생활을 지속해도 괜찮다고 '보장'해주길 바란 것이다. 그러나 의사는 그런 마법의 힘을 가지고 있지 않았다.

★ '뇌를 요리하는' 건강법

스트릭크란드는 이렇게 말했다. "신경이 곤두서서 잠을 잘 수가 없어요. 머릿속은 멍하고, 심장도…."

"알고 있습니다. 잘 알고 있습니다. 미국 사람들은 정말 바쁘게 살고 있으니까요. 그리고 심장도 함께 바빠야 하니까요."

스트릭크란드는 진찰을 받았다. "하지만 선생님, 저 나름대로 건강에는 꽤 주의를 하며 살아왔기 때문에 무얼 조심해야 할지 잘 알고 있습니다."

"조심한다니, 어떤 걸 말씀하시는 거죠?" 의사가 물었다.

"요즘 들어 자주 감기에 걸리고 변비가 심해졌습니다. 늘 피곤하고 땀도 많이 흘리죠. 그래서 맥주를 자제하고 있고 일

요일에는 오전 늦게까지 잠을 자고, 코가 근질거리기 시작하면 곧바로 약을 먹습니다."

"그럼 위는…, 문제가 없나요?" 의사가 웃으며 물었다.

"제산제를 복용하고 있어서 별로…." 스트릭크란드는 방어적인 태도로 말했다.

"혹시 점 같은 것도 보시나요?" 의사가 넌지시 물었다.

"그게 무슨 뜻이죠?" 스트릭크란드는 비꼬는 느낌을 받고 화난 듯이 되물었다.

"분명 약효가 있기는 하지요. 당신은 자신의 몸을 무기력해지도록 방치하고 있습니다. 운동은 전혀 하지 않고, 심호흡조차 하지 않은 채 밤늦게까지 일하겠죠. 집에서 쉬고 있을 때는 나무에 기생해서 자라는 버섯처럼 웅크리고 있을 뿐입니다. 그러면서 젊었을 때처럼 혈기왕성하면 좋을 거라고 생각하고 있습니다. 100년 전 의사였다면 당신에게 '호기심이야 말로 젊음의 비결'이라고 했을지 모르지만…, 그건 100년 전에나 가능한 말이죠. 하지만 당신에게는 세포의 강화가 가장 시급한 문제입니다. 제대로 된 비타민을 보충하는 것이 현대 의학의 방법입니다. 그리고 스트레스를 없애는 거죠. 신경을 안정시키고 뇌를 계속해서 요리하는 거죠."

"뇌를 요리한다고요?"

"그렇습니다. 달걀을 삶으면 투명했던 흰자가 점점 굳으면서 희게 변하는 것을 보았을 겁니다. 그건 응고가 진행되기 때문이죠. 인간도 피로에 지친 몸에 독소가 퍼져 혈액 속에 산소가 줄어들게 되면 뇌도 응고되기 시작합니다. 그러면 이상을 일으키기 시작하죠."

스트릭크란드는 의사의 눈이 반짝이며 빙긋이 웃는 모습을 보았다.

"내가 가끔씩 이상해진다는 말씀인가요?" 스트릭크란드는 신경질적인 반응을 보였다.

"너무 피곤하면 사람은 누구나 머리가 조금 이상해집니다. 하지만 그것은 일시적인 것입니다. 다시 말해 휴식을 취하기만 하면 됩니다. 당신은 어째서 그렇게 죽어라 일을 하는 거죠?"

"돈을 벌지 않으면 가정을 꾸려나갈 수 없으니까요."

"밤을 자주 새는 건 왜인가요?"

"아내와 함께 파티나 모임에도 나가야 하니까요."

"부인에게 당신의 스트레스를 보여드려야 합니다."

"선생님, 그건 불가능해요. 저는 이기적인 남자가 되기 싫습니다."

"그건 이기적인 것이 아닙니다. 당신은 이미 몇 년 전에 신경증에 걸린 적이 있습니다. 그냥 방치 해두면 신경이 손상됩니다."

다시 말해 이런 것이다. 한밤중까지 일을 하고, 몇 시간 잠을 이루지 못한 채 아침이 되면 회사로 달려가 웃으며 일을 하고, 퇴근하면 복잡한 도로를 달려 교외에 있는 집까지 서둘러 돌아온다. 그러면서 인간관계까지 완벽한 것은 불가능한 일이다. 기회를 잡기 위해 동분서주하다가 자신의 인생을 엉망진창으로 만들어놓고 신경증에 걸리지 않는다는 것은 불가능한 일인 것이다.

자기 자신과 타협하지 않게 된 사람은 더 이상 소모할 필요도 없다. 스트레스가 발생하는 상황에 자신을 방치하지 않기 때문이다. 게다가 이기심을 만족시키기 위해 자신의 건강을 해쳐가며 사교활동으로 밤을 지새우는 일도 하지 않는다. 자신의 신체를 소중히 여기는 사람은 자신의 신경도 소중히 여긴다.

'그 의사라면 도움을 받을 수 있다.'라고 확신한 스트릭랜드는 의사의 조언에 따라 치료에 필요한 운동을 하고, 건강에 필요한 음식을 섭취하고, 내분비기관을 정상적으로 되돌리기 위한 치료를 시작했다. 그리고 삶의 방식도 확 바꾸었다. 그리고 의사는 그에게 건강을 유지하기 위해 일상적으로 알아두어야 할 몇 가지 방법을 가르쳐 주었다.

★ '잠을 잊을 정도로 빠질 수 있는 것'을 생각하자

마음의 피로를 막기 위해서는 잠이 오지 않을 때는 억지로 잠을 자려하지 말라. 무엇이든 좋으니 자신이 빠져들 수 있는 생각을 떠올려라. 안전하고 편안하게 자신을 잊을 수 있는 방법을 찾는 것이다.

서둘러서 무언가를 생각해야 할 때는 사고의 교차점에서 충돌을 피하기 위한 신호등이 필요하다. 15분 간격으로 머릿속의 신호등을 켜라. 그리고 1분이라도 좋으니 눈을 감자. 이것을 무언가 생각할 때마다 하는 습관을 들여라.

당신은 훌륭한 말, 혹은 현명한 당나귀가 걷는 모습을 본적이 있는가? 그들은 실제로 자주 걸음을 멈춘다. 그리고 자신의 호흡이 평상시대로 돌아올 때까지 발을 내딛지 않는다.

당신이 이것을 실천하지 않는다면 당나귀만큼의 건강도 유지할 수 없을 것이다.

상대의 마음을
'자신의 것'으로
만드는 요령

Positive vitamins

젊은 영업사원이 일이 잘 풀리지 않아 숙면을 취하지 못해 매일 고통스러운 밤을 보내고 있다고 나를 찾아왔다.

그가 취급하는 상품은 막대사탕으로 막대한 자금을 들여 광고를 하고, 판매 루트를 개척했는데도 반응이 시원찮았기 때문이었다. 나는 그 상품에 대해 물어봤다.

"그게 얼마죠?"

"다른 상품과 비슷합니다."

"크기는요?"

"타사보다 조금 큽니다."

"그 막대사탕을 제게 하나만 줄 수 없나요?"

그는 30분 뒤 막대사탕을 들고 돌아왔다.

그것은 초록색 기름종이로 감싸져 있었으며, 종이에는 그 끈적거리는 종이 10장을 모으면 상품을 준다는 광고문구가 인쇄되어 있었다. 글씨는 검은색과 녹청색으로 잉크 냄새가 나고 있었다.

"원숭이를 주더라도 집어던질 겁니다."라고 내 의견을 말하자, 청년은 "품질은 보장할 수 있습니다."라고 소리쳤다.

"아무리 그래도 집어던지고 말겁니다."

"어째서죠?"

"이 녹색은 녹초와 같은 색깔입니다. 아니면 녹이 슨 청동 색깔…. 게다가 잉크 냄새가 심하군요. 그래서 판매가 저조한 겁니다. 미안하지만 나도 사고 싶은 마음이 들지 않는군요. 중요한 상품 포장에서 사람의 마음을 끌 만한 게 전혀 없군요."

이렇게 판매 실적이 저조할 때 경쟁사에서는 상품의 속이 들여다보이는 투명한 포장지를 채택하기 시작했다. 나는 그에게 그걸 본받으라고 조언했다. 반짝거리는 포장지에 단순한 흰색 띠를 두르는 것이 어떨지 조언했다. 그리고 한 달도 채 되지 않아 그의 회사는 적자에서 벗어날 수 있었다.

정말 간단하면서도 별 것 아닌 충고였다. 이미 경쟁사에서 채택하고 있었던 것이었으니까. 하지만 인간은, 그리고 기업도 기본적인 원칙을 따르지 않아 여전히 실패의 쓴잔을 마시고 있다.

누군가에게 뭔가에 대해 흥미를 갖게 하고 싶으면, 유일한 방법은 상대의 이기심(바라는 것)에 접근하는 것이다. 이것은 자기희생적 이상주의자에게도 욕심쟁이 샤일록(베니스 상인에 등장하는 고리대금업자)에게도 적용되는 진실이다. 신에게 몸을 맡기고 자선활동을 하는 사람들조차 자신의 일과 관련이 있다고 생각해야 당신의 이야기에 귀를 기울여주는 것이다. 그 사람 또한 봉사로 성공을 바라고 있기 때문이다.

우리는 바람을 이루기 위해 재능을 발휘한다. 이 점을 무시하면 사탕도, 아이디어도 팔 수 없다. 역으로 이 사실을 깨닫는다면 자신이 바라는 도움을 받을 수 있다.

결국, 자기보존 본능이야말로 당신을 움직이게 하는 것이라면 마찬가지로 당신이 관계를 맺게 될 모든 상대에게도 해당되는 것이 아닐까?

★ '곰 인형'도 이해할 교묘한 화술

상대의 흥미와 필요로 하는 것이 무엇인지 생각하라. 상대를 안심시키고 힘을 주기 위해서는 어떻게 하면 될지 연구하라. 그러면 더 이상 상대의 반응을 바라며 초조해할 필요가 없다.

어린아이들은 친구들을 자기 집에 데리고 와 놀고 싶어 할 때는 친구 집으로 가 친구를 데리고 온다. 이것이 지혜로운 행동이다.

당신도 누군가가 당신과 같은 생각을 해 주길 바란다면 그 사람의 마음속에 파고들어가, 그 사람이 생각하고 있는 것 중에 자신이 이해할 수 있는 무언가를 찾아내야 한다. 그리고 당신의 생각 쪽으로 살짝 끌어들이는 것이다.

하지만 당신의 생각 자체가 혼란에 빠져 있다면 상대에게 자신을 좋아해 달라고 말할 수 없다. 진정으로 동료가 되기 위해서는 복잡함을 단순함으로, 애매한 것을 확실하게 자신의 생각을 검토할 필요가 있다. 아내의 친척들까지 이해하고 받아들일 수 있을 만큼 명쾌하게 이야기 하지않는다면 무엇을 말하든 아무도 알아주지 않을 것이다.

한 과학자는 책상 위에 언제나 곰 인형을 놓아둔다. 그는 전문적인 사안을 곰 인형도 납득할 수 있을 만큼 명쾌하게 설명하고자 곰 인형을 상대로 연습한 것이다. 이것도 하나의 요령이다.

★ 지금 당장 시험해 보고 싶은 '한 가지 기술'

몇 년 전에 나는 동부의 작은 마을로 가기 위해 기차를 탔다. 그 여행은 5시간이나 걸렸지만 여행 내내 특별객차에서 가축협회 회장과 함께했다.

우리는 이야기를 나누며 즐거운 시간을 보냈다. 그는 소를 키우며 체득한 생물학적 지식을 말해 주었는데, 그것은 내 연구분야인 인간의 본질에도 직접적으로 관련이 있는 정보였다.

이것이야말로 이야기를 발전시키는 요령이다. 그것은 간단히 말해서 상대가 이야기하는 내용 속에서 자신의 흥미를 끄는 것을 찾아 내는 것이다.

대화를 성공적으로 이끄는 기술은 저널리즘의 법칙을 기

본으로 삼고 있다. 듣는 사람에게 친숙한 이야기에서 시작해서 서서히 친숙하지 않은 이야기로 옮겨 가는 것이다.

자신이 하고 싶은 말을 상대의 얼굴에 갑자기 던지는 식의 행동을 해서는 안 된다. 단도직입적인 대화 방법은 부족한 지성을 드러내는 것이다. 상대가 믿고 있는 것부터 당신이 그 사람을 납득시키고자 하는 것까지 완만한 가치관의 단계를 거쳐, 상대가 당신의 결론에 한 단계씩 다가올 수 있도록 자신의 제안을 정리해 두는 것이다.

그런데 실제로는 모든 대화가 시작하기 전부터 벽에 부딪히고 마는 경우가 허다하다. 토론을 성공적으로 이끌기 위해서는 상대를 이해하기보다 상대에게 이의를 제기해야 한다고 착각하는 사람들이 너무나 많기 때문이다.

"…라는 뜻인가요?"나 "이게 당신이 원하는 것인가요?"나 "당신의 생각을 내 입장에서 말해 주세요. 잘 이해가 되지 않네요."라고 말하는 훈련을 해라.

상대가 깜짝 놀랄 말이라도 적극적으로 써라. 하지만 상대가 굳이 피하려는 것을 뚜껑이 열린 병처럼 주절주절 이야기해서는 안 된다. 그런 사람처럼 꼴불견은 없다.

씩씩한 사람들은 마치 듣는 사람을 흥분시키길 원하는 듯이 열광적으로 이야기하지만 그것은 잘못된 행동이다. 차갑게 식어버린 마음은 누가 뭐라고 하더라도 되살아나지 않는다. 자신의 정열에 의해서만 가능한 일에 타인의 열광까지 불러일으킬 수는 없다. 당신은 일단 불을 지피지 않으면 안 된다.

자신의 감정을 발산하라. 만약 그것이 붉게 타오른다면 상대의 마음까지 뜨겁게 해줄 수 있을 것이다.

★ '욕망'은 자존심보다 중요하다

아버지는 누군가를 설득하고 싶을 때, 상대에게 자신이 어떻게 설득을 당했는지를 이야기한다. 그는 상대에게 아무런 압박도 가하지 않는다. 그것이 자신에게는 얼마나 의미가 있는 것인지를 설명할 뿐이었다. 지금 생각해 보면 아버지는 가족과의 관계에서 조차 단 한 번도 지는 적이 없는 사람이었다.

판매 방법에 대한 책을 쓴 수많은 사람들이 손님의 주의를 끄는 요령을 가르치고 있다. 그러나 과연 그런 것들이 의미가 있을까. 다른 사람의 주의를 끄는 것은 불가능하다. 당신은 상대가 무엇에 주의를 기울이고 있는지를 알아야 한다. 그리고 자신의 관심에 상대가 초점을 맞춰주었을 때, 비로소 당신은 자신이 생각했던 것을 상대가 계획한 것에 영향을 끼칠 수 있는 것이다.

자신이 바라는 것을 상대가 하게 만드는 가장 좋은 방법은 상대에 대한 압박을 완전히 푸는 것이다. 대부분의 사람들은 누군가를 설득하려 할 때 상대를 압박하고 만다. 그러나 다른 사람도 친절해야 한다고 느끼게 하고 싶다고 해도 아무도 친절해지려고 하지는 않을 것이다. 자신이 얼마나 관대한 사람인가를 표현한 다음 상대가 놀라기를 바라는 것과 마찬가지다.

어떤 경우일지라도 상대에게 그 사람의 선택권을 위험에 빠지게 하도록 강요해서는 안 된다. 상대의 이기심에 자기 맘대로 호소해 놓고 상대의 주의를 끌 수 있을 거라고 착각해서는 안 된다. 인간의 욕망이라는 것은 자존심보다 훨씬 더 강한 것이다.

길이 험하면 험할수록 가슴이 뛴다.

인생에 있어서 모든 고난이 자취를 감췄

을 때를 생각해 보라.

그 이상 삭막한 것이 없으리라.

'논리'가 통하지 않는
상대를 대하는 '작전'

Positive vitamins

다음은 한 편지에서 발췌한 글이다.

"제 문제는 그리 심각한 것은 아닙니다. 하지만 상당히 초
조해 하고 있습니다. 우리는 흔히 큰 재난보다 일상에서 일어
나는 사소한 말썽 때문에 기운을 낭비하는 것이 아닐까 생각
합니다. 현재 제 상황은 이렇습니다. 남편은 제가 부탁하는 것
은 하나도 들어주지 않습니다. 제가 원하는 것들을 하고 싶지
않다는 이유만으로 거절해 버립니다.

저는 지금 교외에서 살고 있는데 얼마 전부터 도심지로 이

사를 가고 싶다는 생각이 들기 시작했습니다. 도시는 시골보다 음악을 접하거나, 연극을 보고, 강연을 들을 기회가 훨씬 많고, 모든 점에서 편리하다고 생각하기 때문입니다. 하지만 이런 말을 하더라도 남편 엘은 절대로 들어주려 하지 않을 겁니다. 도시에서 살 수 없는 이유는 전혀 없습니다. 지금 살고 있는 집도 임대고, 아이들도 결혼해서 모두 집을 떠났습니다. 저는 이 상황을 어떻게 바꿔야 좋을지 모르겠습니다. 아마 남편이 이런 마음을 먹었다면 자기 맘대로 일을 처리했을 겁니다."

나는 답장을 보내 주었다. 그리고 그 답장에 그녀는 다시 편지를 보내왔다. 그 중 한 구절을 인용하자면,

"충고해 주신 것이 계획대로 잘될지는 아직 잘 모르겠습니다. 문제는 그 계획이 너무나 이기적인 게 아닐까 걱정입니다. 저는 지금까지 정직하게 살아왔습니다. 남편을 속이는 일을 절대로 할 수 없습니다."

그러나 두세 달 후, 그 선량한 부인은 결국 내 제안을 받아

들이게 됐다. 그녀는 계획을 실행에 옮기고 쉽게 도시로 이사
를 한 것이다.

★ 상대를 항복시키는 방법

내가 편지로 그녀에게 충고를 해주었던 말은, "자신이 바
라는 것을 얻기 위해서는 남편의 괴팍한 성질을 이용하라."는
것이었다. 그녀의 남편이 심리학에서 말하는 '피암시성(彼暗
示性)'이라 불리는 마음의 병에 걸려 있는 것이 명백했기 때문
이다. 그는 다른 사람의 바람이나 충고에 반항하며 단순히 반
대를 위한 반대를 하는 것이다. 게다가 엘 부인은 누군가의
도움이 없으면 남편의 신경질적인 마음의 병을 고칠 수가 없
었다.

그런 상태에서는 다음과 같은 세 가지 방법밖에 없다.

첫째, 병적인 이기주의의 희생자로 남는 것.
둘째, 이혼을 결심하고 헤어지는 것.
셋째, 남편을 길들이는 방법을 배울 것.

이 부부에게는 세 번째가 가장 현명한 방법이다.

그래서 나는 엘 부인에게 이렇게 제안을 했다. 상냥하고 아주 서서히, 그리고 열심히 자신들의 교외 생활의 장점들을 늘어놓으라고. 참고로 나는 그녀에게 거짓말을 하라고 한 적이 절대로 없다. 전원생활의 장점을 늘어놓으라고만 했을 뿐이다. 실제로 장점은 얼마든지 있기 때문이다.

중요한 것은 남편 엘의 자아가 반대하고 싶다는 열망을 꺾지 못할 때까지 계속하는 것이다. 이것은 곧바로 효력을 발휘했다. 그는 전원생활에 싫증이 나기 시작한 것이다. 그리고 그녀가 바라든 바라지 않든 상관없이 아내를 도심지로 데려다 주었다.

이런 묘책이 잘못된 것일까? 나는 몇몇 사람이 이런 '작전'을 비난한다는 걸 이미 알고 있다. 만약 상대가 성실한 반려자에 사랑스럽고 이해심이 많은 사람이라면 당연히 이런 작전은 비난을 받아 마땅하다. 하지만 그렇다면 문제는 처음부터 발생하지 않았을 것이다.

세상에는 이타주의보다 이기주의에 빠져 있는 사람이 훨씬 더 많다. 피암시성으로 움직이는 사람이 그렇지 않은 사람보다 훨씬 많은 것이다.

그러므로 이런 종류의 작전이 유효한 것이다. 주변 사람들 모두가 행복하고 구김살 없이 잘 순응하는 성질이라면 이야기는 달라질 것이다. 그러나 그렇지 않다면 주변 사람 모두가 당신의 생각에 모두 상냥하게 따라줄 것이라는 기대는 어리석은 것이다.

이런 사람에게는 그 어떤 계획일지라도 일단은 그것의 부정적인 측면을 제시하는 것이 현명할 것이다. 만약 당신이 어떤 대책을 세워야겠다고 결심했다면, 역으로 그렇게 하는 것의 위험성을 말하고 그 생각을 비판하라. 결국 그 계획이 반드시 필요하다고 상대방의 입으로 직접 말하게 하는 것이다. 그런 다음 그 사람을 따르면 그만이다.

상대는 대부분 자존심으로 똘똘 뭉쳐 있다. 당신이 내놓는 모든 제안에 무조건 반대하려 들 것이다. 자신이 제안하는 것을 좋아한다. 그런 비뚤어진 성질을 발휘할 기회를 주는 것이다. 그리고 그렇게 함으로써 당신의 계획을 완벽하게 실행할 수 있게 된다.

우리는 아름다운 도자기를 만들어내는 도예가를 존경한다. 그런데 어째서 문제를 해결할 방법을 짜내는 사람은 존경하지 않는 것일까? 훌륭하게 삶을 살아가는 기술은 미술품만큼 아름답지 않다는 것인가? 아니면 곤란을 이겨 내는 요령이 있다는 게 무슨 문제라도 되는가?

중요한 것은 우리가 어정쩡한 인생을 영위할지 말지의 문제이다. 만약 자신과 절대로 타협해서는 안 된다고 믿는다면, 적어도 자신이 품고 있는 문제에 대처하기 위해 뭔가 효과적인 방법을 생각해 낼 것이다.

책략가는 나쁘다고들 말하지만 방책을 모색하는 것은 살아가는데 없어서는 안 되는 것이다. 그것은 인생의 지혜이다. 작전은 일을 성공으로 이끌기 위해 매우 중요하다. 동기가 불순하지 않은 한 작전을 짜내는 데 양심의 가책을 느낄 필요는 없다.

한때 나는 어떤 기회를 갖기를 간절히 열망했다. 나는 내가 하고 싶은 일에 관해 많은 친구들에게 별것 아니라는 듯, 전혀 간절하지 않다는 듯 이야기를 꺼냈다. 그로부터 반년이 채 되지 않아 한 남자가 전화를 걸어와서 함께 일을 하지 않겠느냐고 물어왔다. 그 사람은 우연히 내 친구 세 명과 친분이 있었으며, 그들은 무의식적으로 내 작전을 성공으로 이끌어 준 것이다.

★ 우울한 사람은 더 우울하게 대하라

인생은 당신의 윤리적 경향이 그것을 믿지 못하게 하는 체스 게임과도 같다. 체스 판 너머에 운명이 자리를 잡고 앉은 채 당신의 행동을 뚫어져라 응시하고 있다. 만약 감상에 치우쳐 허망한 승부를 계속할 생각이라면 당신의 계획은 반드시 실패하고 말 것이다. 운에 맡기고 한 수씩 말을 움직여야 한다. 인생의 계획은 감춰진 '책략'으로 고수해야 한다.

화가는 색채에 대해 '책략'을 짜내 묘사한다. 작곡가는 화음, 즉 음의 배합에 책략을 이용한다. 극작가는 줄거리를 이용한다. 인간은 인생의 책략을 이용한다. 건설적인 책략 없이는 셀 수 없이 많은 현실 속의 불공평과 싸워 이길 수 없다. 책략을 짜낼지 실패할지 둘 중에 하나이다.

성공하기 위해서는 먼저 상대와 동등해야 할 필요가 있다. "우울한 말만 해서 본인까지 우울하게 만들어 버리는 누나를 어떻게 대해야 하나요?" 라는 한 젊은이의 편지를 받았다.

"누나 이상으로 우울해지세요." 이것이 내 대답이었다. "당신이 곤란을 겪고 있는 것에 대해 끝없이 이야기를 들려주세요. 그녀와 함께 있을 때는 즐겁더라도 절망적인 말을 하다가 한 달 정도 상황을 봐서 그녀가 어떻게 변하는지를 살펴보세요."

남자들은 흔히 여자의 눈물을 두려워한다. 그러나 그런 것은 아무런 의미도 없다. 눈물 따위를 무서워 할 이유가 하나도 없다. 그녀가 울면 당신도 울면 그만이다. 그녀는 당장 울음을 멈출 것이다. 한번 시험해 보기 바란다. 놀랄 만큼 효과가 있을 것이다.

낡은 사고방식과 현대적 사고방식 사이에서 가장 큰 차이는 '불간섭'이라 불리는 것이다. 당신은 과거에 이렇게 배웠을 것이다. "남의 짐을 나누어 져라. 최선을 다해 상대의 곤경과 함께 싸워 줘라."라고.

그러나 지금 내가 여러분에게 하고 싶은 말은 필요 이상으로 간섭을 하지 말라는 것이다. 객관적으로 감정을 겉으로 드러내지 않는 태도를 취하라는 것이다. 나이 든 사람의 입장에서 보면 이것은 비정해 보일 것이다. 그러나 그들에게는 건강한 사람이라면 누구나 자신에게 의지할 수 있다는, 다시 말해 자신이야말로 가장 의지할 수 있는 상대라는 것을 모르는 것이다.

효과적으로 작전을 짜내는 방법을 하나만 더 말해 주겠다.

당신은 낱말 퍼즐을 할 때 손을 쓸 것이다. 그와 마찬가지 요령으로 어려운 문제는 머릿속에서 떨쳐버리고 당면한 문제를 종이에 써보라. 글로 씀으로 인해 문제를 객관화할 수 있다. 그리고 다 쓰고 나면 그것들에 대해 필요 이상으로 고민하지 않게 될 것이다.

무엇보다 중요한 작전은 '침묵'이다. 말은 행동의 10분의 1이면 충분하다. 다른 불필요한 노력으로 기운을 낭비하는 것보다 말로 자신의 노력을 낭비하는 경우가 많기 때문이다.

'곤란한 일'에서
벗어나는 방법

Positive vitamins

　현명한 사람은 문제를 단번에 해결하는 방법으로, 문제끼리 서로 부딪히게 하는 방법을 쓰는 경우가 있다.

　상대해야 할 문제는 이중부정과 마찬가지라서 가끔은 서로 부딪혀서 소멸하고 만다.

　한 사업가는 동업자 때문에 골치를 썩고 있었다. 모든 부분의 관리에 있어서 참견을 하는 것이다. 그의 이런 나쁜 습관을 고치기 위해, 그는 전 사원들이 품고 있는 곤란한 문제들이 전부 그 사람에게 향하도록 만들었다. 그러자 결국 그는 비명을 지르며 손을 들고 말았다. 그 뒤로 그 동업자는 자신의 일 이외에는 참견을 하지 않게 됐다고 한다. 이렇듯 자신을 곤란하게 하는 상대의 행동과 똑같은 행동으로 상대함으로써 자신을 지킬 수 있다.

★ '화의 불씨'를 털어 버리는 기막힌 방법

어느 날, 거들먹거리는 경찰이 1시간 이상 주차를 했다고 해서 내 차에 주차위반 딱지를 붙였다. 그곳은 주차금지 표지판을 전혀 찾아볼 수 없는 곳이었다. 나는 횡단보도 근처에 서 있던 경찰에게 터벅터벅 걸어가서 말을 걸었다.

"이보시오, 경찰 양반. 나는 이 거리의 주차 문제를 좀 연구해 볼까 생각 중인데, 여기서부터 주차금지 표지판이 있는 곳까지 거리가 얼마나 되는지 알고 있나요?"

"꽤 먼 걸로 알고 있소." 그는 이렇게 말하고 주차위반 딱지를 떼어 갔다.

어떤 경우라 할지라도 이기고 싶다면 상대를 겁줘서는 안 된다. 무관심한 척 대하는 것이 오히려 효과적이다. 누군가에게 굴욕을 당했다고 하더라도 화를 내지 말고, 그렇다고 해서 자신만만한 거인처럼 거드름을 피워서도 안 된다.

만약 상대가 당신을 속이려고 할 때는, 당신의 힘을 표면으로 드러내서는 안 된다. 인간이라는 것은 상대가 어리석은 자만을 하면 경계를 하지만, 상대가 본인보다 작게 느껴지면 자기 자신을 과장하려 드는 것이다. 그러므로 문제를 감당할 수 없을 때까지는 자신의 힘을 과시하지 않도록 하자. 소리를 지르거나 겁을 주는 것은 겁쟁이들이나 하는 짓이다.

상대의 힘은 당신이 그것을 발휘할 기회를 주지 않는 한 절대로 알 수 없다. 당신이 대적하기 힘들 만큼 강하다면 상대는 힘을 제대로 발휘할 수 없을 것이다. 당신이 자신의 요구와 나약함을 드러낸다면, 상대의 거만함이 표면으로 드러날 것이다. 이렇게 해서 당신은 상대의 유해한 성향을 분간할 수 있는 것이다.

다시 말해 순수한 정직함만큼 강한 것은 없다. 적이 당신을 두려워하고 있을 때는 상대방의 능력을 가늠할 수 없다.

그리고 무엇보다도 불가사의하면서도 진실을 꿰뚫는 법칙은 "기만에 대한 최고의 방어는 깨끗하고 순수한 마음이다."라는 것이다. 거짓이 정직과 부딪히면 계산이 너무나 복잡해져서, 상대는 당신의 힘을 가늠할 수 없게 된다. 당신이 어린

아이처럼 자연스럽고 솔직하다면, 그런 올곧은 당신의 태도에 상대방이 당황하게 된다. 왜냐하면 상대는 양면성을 가지고 있기 때문에 한 방향만을 바라보지 못하기 때문이다.

인간 이외에 평정심을 유지하는 지성이 부족한 동물로 원숭이를 들 수 있다. 원숭이도 행동으로 옮기기 전에 말이 앞선다. 그런데 한 번 원숭이를 관찰해보라. 몸을 잔뜩 웅크린 채 절대로 자신의 의도를 드러내지 않는다. 고작해야 꼬리 끝 부분만이 원숭이의 의도를 말해 주고 있다.

침묵과 꼼짝도 하지 않은 채 기다리는 것, 이 두 가지 작전이 기적을 일으킨다. 진공의 상태가 바람보다 강한 것이다. 이 방법을 이용하면 번거로운 상대를 쫓아버릴 수 있다. 다시 말해 번거로운 상대에게 또 다른 번거로움으로 상대하는 것이다.

나는 이전에 말썽꾸러기 아이들을 둔 여성을 알고 지냈다. 그녀가 아들과 함께 나를 찾아왔을 때 귀찮은 일이 벌어지고 말았다. 나는 개를 키우고 있었는데, 그 아이는 집안을 온통 개판으로 만들려고 말썽을 피우는 것이었다. 그 아이는 정말 손도 댈 수 없을 정도의 말썽꾸러기였다. 나는 부인이 아들을 데리고 온 답례로 우리 개를 데려가라고 했다. 그리고 결국 그녀는 두 번 다시 찾아오지 않게 됐다.

단, 다음과 같은 경우에는 이 방법을 써서는 안 된다. 만약 당신이 어떤 일에 화가 나 있다면, 다시 말해 냉정할 수 없다면 이 방법은 쓸 수 없다. 문젯거리에 대처하기 전에 먼저 당신이 품고 있는 '문제'부터 해결해야 한다.

그것은 복잡한 정신적 문제부터 해결하는 것이다. 당신이 품고 있는 화의 불씨부터 먼저 해결하라. 파리도, 모기도, 빚쟁이도 모두 인생의 일부이다. 골칫거리 이웃이나 골칫거리 상사는 얼마든지 널려 있다. 손 위에 쌓인 먼지를 받아들이는 것처럼 그들을 받아들여라. 모든 상황은 당신이 그것에 대해 침착하고 냉정할 수 있게 된다면 다 해결될 것이다.

자신이 화가 나 있을 때는 번거로운 일을 처리하려 하지 말라. 이것을 명심하기 바란다. 그 골칫거리가 겉으로 드러날 때가지 방치해둬라. 아들의 장난에 밟혀 발가락이 아프더라도 밝은 면은 있는 것이다.

★ '빙산을 움직일 수 없다면, 녹여 버려라.'

물론 실제로는 건설적 무저항의 기술 중의 하나로 '원수에게 은혜'라는 방법이 효과적인 경우도 많다. 원한을 덕으로 갚음으로써 상대를 부끄럽게 만드는 것이다. 그런 방법이 도움이 되는 경우는 친밀한 관계, 특히 애정으로 맺어진 인간관계에서 일시적으로 반목을 하는 경우이다.

상대가 냉정해지고 당신에게서 멀어지게 됐다고 하자. 이때 당신이 상황을 무시해버리면 긴 겨울을 맞이하게 될 것이다. 그럴 때는 눈을 녹이는 방법을 이용해 찬바람을 열기로 제어하는 것이다. 다시 말해 빙산을 움직일 수 없다면 녹여버리는 것이다. 그것을 즐거운 일이라고 여긴다면 즐기며 할수 있을 것이다.

예를 들어 친밀하기는 하지만 오래전부터 불만이 가득한 상대를 골라 훨씬 따뜻하고 친절하게 대해 준다. 눈부실 정도로 따뜻한 애정에 상대는 거역할 수 없을 것이다.

그러나 마음속에 애정이 없다면 '선량한 방법'을 취한다하더라도 허사이다. 마음속으로부터의 미소야말로 모든 것을 움직일 수 있다고 하더라도, 누구에게나 그 효과를 기대한다는 것은 어려운 일이다. '선량함의 기술'을 연습하길 바란다. 그리고 언제, 어떻게 선량함이 효과를 거두는지를 연구하는 것이다.

이것은 사람을 움직이는 데 있어서 반드시 필요한 것이다. 당신이 작전상 친절하게 행동하고 있다면 그런 친절은 가장 부적절한 방법이다. 대부분의 '인생에서 성공하는 책'의 문제점은, 무엇을 해야 할지는 적혀 있지만, 그것을 성실한 마음으로 행하지 않으면 결국 모든 것이 허사로 끝나고 만다는 경고는 하지 않고 있다는 점이다.

아무리 어리석은 사람이라 할지라도 마음 한구석에는 선량함을 가지고 있다. 반면에 아무리 덕망이 높은 사람일지라도 결코 성인군자가 아니다. 적을 친구로 만드는 기술은 우리의 내면에는 반드시 선과 악이 있다는 것 속에 잠재되어 있다.

적이 당신의 내면에서 확실하게 찾아낸 결점은 결점으로 인정하라. 그리고 지금까지 무시해온 상대의 가치를 발견하도록 노력하라. 그러면 상대의 적의는 사라질 것이다. 이것을 우리는 지배하는 사랑의 철학이라 부른다.

진정으로 선량한 것은 악한 것도 함께 품고 있지만, 그것은 그 긍정적인 힘으로 이겨낼 수 있다. 다시 말해 만약 당신의 적이 좋은 것과 나쁜 것을 함께 섞어서 생각하게 됐다면, 상대는 나쁜 짓을 할 수 없게 된다. 나쁜 짓을 하면 자신이 사랑하고 있는 것에 상처를 입히게 된다는 것을 알고 있기 때문이다.

불량배와 어울리는 소년이 자신의 불량한 행동이 가족들에게 나쁜 영향을 끼쳐 어머니와 형제들에게 상처를 입힐지도 모른다고 생각하고 있다면, 삶의 방향을 바꿀 수 있는 것이다.

★ 강한 상대를 '밀어붙이는' 방법

어떤 상황이라도 너무나 쉽게 무너져 버리는 약점이 있다.

당신의 적은 자만에 차 있는가? 그렇다면 상대는 사소한 것들을 많이 놓치고 있다.

그 사람은 우유부단하고 비겁한가? 그런 상대는 큰 문제를 간과하고 있다.

그 사람은 신경질적이고 날카로운가? 그런 상대라면 너무

성급한 측면이 있다.

그 사람은 여유롭고 자신감이 넘치는가? 그런 상대는 너무 여유만만하다.

상대에게 약점이 있다는 확신이 든다면 약점을 찾고자하게 되고 실제로도 약점을 찾아낼 수 있다. 만약 당신이 적으로 인해 곤경에 처해 있다면 약점을 찾는 습관을 들여라.

비밀 첩보원은 새로운 상황과 상대의 평소와 다른 모습을 끊임없이 관찰해 기묘한 부분과 예기치 못한 상황에 주의를 기울임으로써 단서를 찾아 내도록 훈련을 받는다.

그들은 미심쩍은 발언에 귀를 기울이고, 설명할 수 없는 행동에 눈을 번뜩이며, 자신이 없는 표현에 신경을 곤두세운다. 그들은 목소리에 내포되어 있는 불쾌한 톤, 거만한 톤, 태도의 변화, 비밀스러운 냄새에 민감하다. 그들은 극단적인 언행을 관찰하고 그 행동과 속내를 진중히 탐색한다. 이것이야말로 확실하게 이기는 방법이다.

항상 이기적인 사람을 상대하는 회의적인 태도로 세상을 바라봐서는 안 되지만 전략이 필요할 때는 훌륭한 전략가가 되라. 결코 죄의식을 갖거나, 어정쩡한 전략가가 되지 않기를 바란다.

또한 타인의 악행을 저지하는 것이 단순한 자기만족을 위한 것이어서는 안 된다. 당신에게 저지른 잘못이 그 사람 자신의 인생에 대한 잘못이라는 것을 인정하고 일에 대처하기 바란다.

다음으로 정신적 컨트롤 방법에 숙련된 사람들이 말하는 몇 가지 원칙을 알아보기로 하겠다.

절대로 무표정한 얼굴을 하지 말라. 순수하고 선량한 표정을 익혀라. 그리고 그것을 유지할 수 있도록 하라.

어떤 상황에 처해 있더라도 정열적인 삶은 최대의 방어이다. 성심성의껏 대하는 태도는 전염성이 있다. 타인에게 인정을 받기 위해서는 먼저 자신을 버려야 한다.

표범은 궁지에 몰리게 되면 입을 쫙 벌리며 몸을 늘어뜨린다. 긴박한 상황일수록 안정적인 자세만큼 강력한 것은 없다.

곤란에 처해 있을 때는 자신을 돌아보고 웃어 보라. 웃음은 이 세상에서 가장 강력한 무기이다. 상대가 웃을 때까지 웃어라.

뭔가 유쾌하지 못한 것을 말해야 할 때는 천천히 친절한 태도로 말하라.

낮은 목소리만큼 상대를 움찔하게 만드는 것은 없다. 억누른 목소리는 꽉 쥔 주먹보다 효과적이다.

적에게 영리해 보이도록 행동해서는 안 된다. 당신이 빈틈 없어보일수록 상대의 공격은 위험해진다.

이기주의자들은 고집이 세다고 생각하라. 당신이 그들에게 무엇을 바라는지 결코 눈치 채게 해서는 안 된다. 의도와 정반대되는 계획을 말하고 당신이 목적하는 대로 상대의 마음을 이끌어라.

고집을 부리는 사람은 공포심을 가장 두려워한다. 따라서 소심한 사람을 조종하기 위해서는, 상대가 무서워하는 것의 또 다른 측면에 있는 것을 찾아내어야 한다. 예를 들어 겁쟁이들은 도깨비가 출몰하는 산을 피하려다 늑대가 우글거리는 숲을 지나게 되는 것과 같다.

누구든 길을 들이려 해서는 안 된다. 뜻대로 하고 싶은 것은 당신 자신과 당신이 말하는 것으로 충분하다. 타인을 조종하려 하면 반드시 실패한다. 당신의 마음을 노력의 거울로 삼는 것이다.

스스로 문제에 다가가려 노력하면 상대를 궁지로 몰아넣을 수 있다. 당신을 곤란하게 만드는 대부분의 이유는 사람이다. 그러므로 사람들에게 접근하는 문제가 당신의 앞날을 결정하는 것이다. 사소한 일 때문에 뒤로 물러서서는 안 된다. 곤란과 정면으로 맞서야 한다. 그러면 그것과 관련된 사람들은 옆으로 물러나게 된다.

타인이 당신을 무시할 때야말로 그들을 어떻게 다뤄야 할지 배울 때이다. 어떤 곳이라 할지라도 훌륭한 충고들이 가득하다. 그 순간순간마다 조언을 얻을 수 있다면 무엇을 해야 할지 깨닫게 될 것이다. 자신의 어리석음을 감추는 사람을 신용해서는 안 된다. 아침부터 밤까지 신경을 곤두세우고 있는 사람은 없다. 지혜가 있는 사람일수록 자신의 어리석음을 흔쾌히 인정한다. 사람들 중에 가장 안전한 사람은 자신이 때로는 실패를 할지도 모른다고 생각하는 사람이다.

거짓말을 하는 것은 자신의 나약함을 인정하는 것과 같다. 강한 사람은 꾀를 부리지 않아도 된다. 당신이 속임수에 넘어가지 않는다면 상대는 꼬리를 감추며 도망칠 것이다. 잔꾀는 어리석음으로 이어진다. 잔꾀를 부리더라도 알맹이가 삼류라면 결국 패배를 하고 말 것이다.

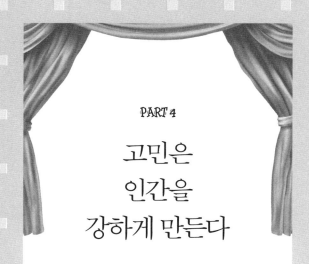

PART 4

고민은
인간을
강하게 만든다

사랑한다면 '자신과 타협하지 말라.'

'정답'은
내 안에 있다

Positive vitamins

    누구나 남의 일에 감 놔라 배 놔라 해서는 안 될 문제가 있다. 참견을 하게 되면 그 사람의 마음을 분열시키게 되기 때문이다. 실제로 남에게 무엇을 해야 할지 가르쳐주기보다는 원리를 설명해주는 것이 임상심리학에서는 중요하다. 재능이란 결코 강제적인 것이 아니다.

♣ 곤란한 상황에 빠진 사랑

마서 매리필드는 진퇴양란의 상황에 처하게 됐다. 너무나 힘든 고민에 직면했기 때문이다. 그녀가 사랑하고 있는 도널 드가 이미 결혼을 한 사람이었다. "그와 결혼하고 싶은데 방법이 없어." 하며 마서는 한숨을 내쉬었다. 그것은 아무런 해결책이 없는 것 같다는 의미였다.

그녀는 대체 어떻게 해야 하는 것일까?

그녀는 매우 엄격한 환경에서 자랐다. 그녀의 조상들은 대대로 옳지 못한 일들과는 인연이 없었다. 5월의 어느 날 오후, 결국 마서는 자신의 마음을 괴롭게 하는 것을 확실하게 처리해야겠다고 결심했다.

과연 도널드와 함께 도망을 쳐야 하는 것일까?

상담할 수 있는 사람은 베티 이외에 아무도 없었다. 베티는 입이 무겁고 성실해서 무슨 일이든 동요하는 일이 없었다.

"네 질문에 대답하기가 곤란하구나." 베티는 마서를 뚫어져라 바라보며 말했다.

"나 같으면 어떻게 할지조차 말하기 힘들어. 대부분의 여자들이 너와 비슷한 문제로 고민을 하지. 그리고 모두 각자의 신념에 따라 해결을 하고 있어."

"나를 좀 도와줄 수 없어?"

"나는 물론 그 어떤 사람이라 할지라도 사랑하는 사람 곁으로 가라고 하든 가서는 안 된다고 하든 너한테 미움을 살 거야. 어쨌거나 너는 포기하라고 하면 포기하지 않을 거야. 사랑을 선택하라면 지금보다 더 고민에 빠지게 될 테고. 인생의 '가장 중요한 순간'에서 아무리 충고를 한다 하더라도 더욱더 혼란만 가중될 뿐이겠지."

"그렇다면 결국 나 혼자 고민하고 결정해야 한다는 소리네."

베티는 고개를 끄덕였다. "만약 네가 너의 욕망 때문에 판단이 흐려지지 않고 미래를 생각한다면, 어떻게 해야 할지 결정을 내리는 데 그렇게 많은 시간이 필요하지 않을 거야. 이건 자신의 가치관을 발견할 수 있을지 없을지의 문제가 아닐까? 네가 어떤 감정을 가지고 있는지를 깨달을 수 있는…."

"그를 사랑하고 있어." 마서가 말했다.

"알고 있어. 하지만 사랑에도 여러 가지가 있어. 네가 꿈을 꾸는 16살 소녀고, 그가 고등학생이었다면 자신의 사랑이 얼마나 진실한 것인지 그렇게 심각하게 고민할 필요가 없을 테니까."

여기서 다시 새로운 판단기준이 문제가 되고 있다. 최상의 선택이란? 인간의 욕망의 질이란? 그 사랑은 얼마나 깊은 것일까?

　마서의 문제에 대한 대답은 결국 "자신과 타협하지 말라"이다. 만약 타협이 필요하다면 그것은 사랑이 아닌 단순한 욕망에 지나지 않는다. 베티의 대답 또한 자신의 이기심만을 만족시키지 말라는 것이다.

♣ 열쇠를 쥔 사람은 자신이다

　베티는 실제로 이래라저래라 하지 않고, 마서가 결론을 낼 수 있도록 돕기 위해 말해 줄 수 있는 것이 몇 가지가 있었다. 먼저 마서에게 본인이 '또 다른 여성에게 상처를 입히게 된다는 것.'을 깨닫게 해 줌으로써, 마서가 정신적인 측면에서 성장할 수 있는 도움을 줄 수 있었을지도 모른다.

　그녀는 또한 마서에게, 당신이 사랑하는 도널드는 사랑하려고 노력하는 것만으로는 아내를 행복하게 해 줄 수 없는 사람이라는 것을 깨닫게 해 줄 수도 있었을 것이다. 사랑을 하고 있다고 하더라도 일상의 번거로운 일들을 해결할 수 없다면, 두 사람 사이에는 결국 수많은 문제가 일어나게 될 것이다.

우리는 애정에 대해 많은 것을 알고 있다. 사람은 성장을 함에 따라 측은지심을 갖게 된다. 그리고 관대함도 생기게 된다. 그러나 자기 자신을 부정하는 사람은 결국 자신과 관련된 모든 권리와 희망을 포기하고 만다. 반대로 영광을 추구하는 사람은 영광을 느낄 수 있는 다른 사람들에게도 영광을 가져다 줄 수 있다.

상대가 당신에게 응하지 않는다면, 당신은 아무도 행복하게 해 줄 수 없다. 당신이 무엇을 하든 간에, 상대는 당신이 제공하는 것에서 아무런 기쁨도 느낄 수 없을 것이다. 사람은 자신이 받아들일 수 있는 기쁨밖에 받아들일 수 없다. 게다가 본인이 자신의 고통을 뛰어넘으려고 노력하지 않는 한, 다른 사람의 고통을 해결해 줄 수 없는 것이다. 상대는 오히려 당신의 배려로 인해 상처를 입을 뿐이다.

그렇다면 마서의 의무는 그저 자기 자신에게 성실하게 사는 것이다. 자신의 사랑이 진정한 것이라면 그녀는 그것으로 충분한 것이다.

우리의 사랑에 대한 생각에는 섬뜩할 만큼 야만적이고 그 끝을 알 수 없는 욕망이 잠재되어 있다. 그렇게 생각하면 사

랑이란 혼돈이거나 혹은 질서 정연한 우주라고 말하고 싶어
질 수도 있다.

그러나 만약 사랑을 혼돈이라 말한다면 도덕의 기준이라
는 것도 사라지고 말 것이다. 반대로 질서 정연한 우주라면
한 인간에게 올바른 것이 다른 인간에게는 잘못된 것일 수도
있는 것이다.

사랑의 진실은 하나이다. 자신의 사랑과 상대 남성의 사랑
이 모두 진실이라면 사랑함으로써, 그리고 한 여성에게서 남
편을 빼앗아야 하는 상황이라 할지라도, 마서는 아무에게도
상처를 입히는 것이 아니다. 어쩌면 그녀는 연적을 어정쩡한
삶이라는 저주에서 풀어 주는 것이 될 수도 있다.

그렇다면 베티가 마서에게 "이것은 네 가치관의 문제가 아
닐까?"라고 말함으로써 적절하게 상황의 핵심을 찌르고 있는
것이다. 자신의 사랑이 어떤 것인지에 대해 깨닫는 것이야말
로 마서의 고민을 해결해 줄 수 있다.

♣ 라이벌을 의식하지 않고 자신을 바라보는 마음

이 이야기에는 또 하나의 측면이 있다. 도널드의 아내, 이사벨 블레인은 이미 몇 달 전부터 남편 도널드의 마서에 대한 감정을 알고 있었다. 남편의 마음이 변한 원인이 무엇인지도 알고 있었다.

자신과 도널드 사이가 왠지 어색해지고 있었기 때문이다. 그것은 아주 천천히 벌어진 상황이었지만, 마서가 남편 앞에 나타나기 훨씬 전부터 시작된 것임에는 틀림이 없었다.

마음속으로 그녀는 이 사실을 받아들이고 있었다. 그러나 살점이 떨어져 나가는 고통과 질투심 때문에 그 사실을 잊어버리는 경우가 자주 있었다. '한 여자'에 대한 분노, 그 여자가 살아 있다는 것에 대한 분노로 기운을 소모하고 있었다.

인간의 망상 중에서 가장 큰 착각 중에 하나는, 자신의 경험은 자신이 선택한 결과이며 인격은 스스로 만드는 것이라는 것이다. 인간은 자궁에서 태어나는 순간부터 자연의 힘이 작용하고 있다. 인격도 운명도 모두 자연의 힘에 의한 결과이다. 자연은 인간에게 사랑과 증오를, 질투와 경외의 감정을 심어 준다. 인간이 할 수 있는 것은 어떤 충동을 따를지 고르는 것뿐이다.

마서의 경우와 마찬가지로 이사벨의 문제 또한 본인 스스로 어떻게 인생을 살 것인가의 문제에 대해 강인하게 자신의 인생에 도전할 수 있는가의 문제였다.

그녀는 증오심에 가득 차 사랑이라는 마지막 흔적까지 지워버릴 수도 있으며, 친밀함이 강한 질투심으로 바뀌도록 방치할 수도 있었다. 그리고 역으로 이 역경을 타개할 방법을 모색할 수도 있었다. 이사벨은 후자를 선택했다.

"이 상황은 우리의 결혼생활에 문제가 너무 많아 발생한 거야." 그녀는 평정심을 유지하기 위해 노력하면서 생각했다.

"그러니 상황이 좋아질 수 있도록 가능한 모든 일을 하자. 만약 결혼생활을 유지하고 싶다면 사랑을 위해 좀 더 노력해야지. 인생이란 그런 거니까. 나는 이 고통을, 그런 인생의 신호를 받아들여야 해. 지금까지 결혼은 연애의 빈약한 대용품에 불과했어. 그것을 진실된 것으로 만들기 위해 노력해야 돼. 그리고 질투로 행동에까지 영향을 끼쳐서는 안 돼. 아무리 분노와 질투를 느끼고 불만이 있더라도 그런 말을 하거나 지금의 결심을 꺾지 않겠어. 그렇지 않으면 나는 곧 파멸하고 말거야. 절대 그럴 수는 없어."

이사벨은 자기 자신과 주변 사람들, 상황에 대해 신중을 기울인 덕에, 자신이 앞으로 어떻게 해야 할지에 대한 방침을 세우고 적극적인 태도를 취할 수 있었다.

"나는 질투심이 일어나는 것과 정반대되는 행동을 하겠어." 그녀는 결심을 하고 분노에 몸을 맡기는 대신 마서의 친구가 되기로 결심했다.

두 사람이 서로 친하게 되자, 두 사람을 고민스럽게 했던 일들은 깨끗이 사라져 버렸다.

이런 종류의 문제는 당당하게 불굴의 정신으로 추구하기만 한다면 60퍼센트는 해결된다. 단순한 바람이라면 언젠가 자연스럽게 시들고 말 것이다.

성실한 사랑이든 일시적인 방황이든 간에 남편과 '또 한 여자' 두 사람은 스스로 깨닫게 될 것이다. 그리고 만약 심각한 문제라 하더라도, 세 사람이 모두 그것이 얼마나 깊고 진정한 사랑일지를 인식한다면 가장 현명한 방법을 선택하게 될 것이다.

우리는 고통 속에서 인간의 욕구 중 가장 깊은 부분에 대처할 수 있게 된다. 사랑이란 대부분의 사람들이 상상하고 있는 것처럼 단순하고 순응적인 것이 아니다.

사랑은 감옥에 갇히게 되면 죽어 버리는 것이다. 그리고 증오로 변하는 수도 있다.

또한 사랑은 강요를 하면 사라지게 된다. 사랑하려고 마음을 먹고 사랑할 수는 없으며 사랑을 제어하려고 한다고 하더라도 제어할 수는 없다.

당신에게 가능한 것은 사랑의 표출을 인도하는 것뿐이다. 당신이 인생을 대하는 방법에 따라 사랑을 부르거나, 혹은 사랑의 존재를 부정하는 것이 된다. 인생의 질에 따라 사랑은 나타나기도 하고 사라지기도 한다.

우리는 매력과 반발의 법칙은 인력의 법칙과 마찬가지로 절대적인 것이라는 것을 알고 있다.

특정한 것과 특정한 사람은 확실하게 조화를 이룬 반응을 얻을 수 있지만, 다른 사람들은 역으로 적의를 불러일으키기도 한다.

그리고 사랑을 일깨울지 적의를 환기시킬지는 모두 당신에게 달려 있다.

♣ 행복을 잡는 사람과 놓치는 사람

자신도 모르는 사이 사랑의 법칙을 무시하고 스스로 사랑을 망쳐 버리고 슬픔과 혼란을 초래하는 사람도 있을 것이다. 그리고 그로 인해 고독한 삶을 사는 사람도 있을 것이다. 역으로 사랑의 법칙을 순순히 따르며 현명한 사랑의 인도에 따라 행복을 얻는 사람도 있을 것이다. 사랑은 밀물과 썰물. 번개와도 가까운 것이다.

인간은 사랑을 받아들이고 감정이 얼마나 깊은 것인가를 깨닫게 될지도 모른다. 사랑의 힘을 오용하고 욕망과 타인을 지배하고자 하는 욕구 등으로 사랑을 왜곡시키는 사람도 있을 것이다. 하지만 사랑은 누군가의 소유물이 아니다. 인생에서 받아들이고 소멸하는 것과 마찬가지로, 사랑은 사람에게 파고들거나 빠져나가고, 활기를 불어넣거나 외면하기도 한다.

그렇기 때문에 결혼을 법률로 정하는 것이겠지만, 사랑을 법률화할 수는 없다. 사랑이 찾아와 머물러 주지 않는 한, 결혼은 친밀함이 전혀 없는 것은 물론이며 모든 사람에게 있어 좋지 않은 것이 된다.

인생의 다른 모든 문제에 있어서도 마찬가지지만 일단 연애문제에서는, 대처방식이 목적을 달성할 수 있을지 여부는 인격의 기본법칙에 충실할 수 있을지에 달려 있다. 문제와 스스로 타협을 한다면 모든 희망이 사라지고 만다.

만약 당신이 이기심을 만족시키기 위한 것에 불과하거나 화가 나서 위협을 하게 된다면 문제는 더욱더 커져 버리고 만다. 서로가 도울 방법을 모색해야만 희망을 바랄 수 있다.

그 어떤 결혼이라 할지라도 부부는 서로 자유롭고 평등해야 한다. 두 사람이 자유롭고 평등하길 바란다면 타인을 제물로 삼는 그 어떤 기생충도 접근할 수 없을 것이다. 인간 개개인의 바람을 초월한 진정한 행동이라는 것이 있다. 그것을 찾아 내는 것이다.

그러기 위해서는 우리가 서로 인생의 의지에 따라 무엇을 해야 할지 항상 염두에 두고 있어야 한다. 번거로운 자기희생은 아무것도 호전시켜주지 못한다. 실의에 빠져 자신을 방치하는 것이 아니라 그 사랑을 무슨 일이 있더라도 관철시킬지, 아니면 용기를 내서 포기할지, 혹은 사랑을 다른 형태로 승화시켜 제3의 길을 선택할지, 다시 말해 자신을 위해 무엇이 최선의 길인지를 생각해야 한다.

일상의 번거로운 일로 인해 쓰러져 버릴 것 같을 때, 혹은 하루의 일을 마치고 문득 새로운 시각으로 인생을 바라보게 될 때, 고통스럽고 단조로운 삶에 지쳐버리는 경우를 누구나 경험해 봤을 것이다.

♣ 삶을 휘두르는 일상의 사소한 문제

어느 7월 말의 찌는 듯이 더운 날이었다. 금이 가고 그을린 적갈색 벽돌담이 강을 둘로 나누고 있었다. 왼쪽에는 강이 햇빛에 반사되어 먼 산들을 비추고 있었다. 그림자가 드리워진 오른쪽은 어둡고 지저분하게 보였다.

헐 디버는 창밖을 바라보면서 자신의 인생도 저 강과 같다는 생각이 들었다. 그의 시선에 들어온 것은 몇 그루의 나무와 작은 하늘, 그리고 단조로운 풍경과 잿빛 시멘트뿐이었다.

헐을 두렵게 한 것은 의무의 허무함이 아니었다. 그것은 따분한 일이기는 하지만 어떻게 해서든 견딜 수가 있었다. 그보다는 가족들을 항상 짐처럼 짊어져야 한다는 중압감이 견디기 힘들었다.

헐은 이미 몇 년 동안이나 이런 생활을 지속해 왔다. 게다가 묵묵히 참고 견뎌 왔기 때문에 중압감은 날이 갈수록 더욱 더 무겁게 느껴졌다.

딸 넬리는 엄마와 말다툼을 할 때마다 엄마라는 적에게서 아버지의 충성심을 확보하려고 하는 듯 현관에서 헐을 기다리고 있었으며, 아들 잭의 공부도 돌봐 주어야 했다.

게다가 헐의 어머니까지 아들이 자신의 것인 양 권리를 주장하는 것이었다. 헐은 어머니에게서 벗어나지 못한 채, 무슨 일이 있더라도 어머니를 위해 살아야 할 운명인 것처럼 여겼다. 헐의 동생은 동생대로 사무실로 찾아와 당연하다는 듯이 이것저것을 요구했다.

헐은 넥타이를 고쳐 매고 책상 서랍을 잠갔다. 경치만 바라보고 있는다고 해서 아무것도 해결되지는 않았다. 오늘 밤도 가족들이 기다리고 있을 게 분명했다. 게다가 집에 돌아가서 처리해야 할 문제들이 산더미처럼 쌓여 있었다.

그는 서류를 집어들었다. 소시지 광고, 신약 광고, 화장용 비누의 레이아웃, 그리고 개인적인 금전출납부…, 이미 몇 년 동안이나 이런 것들과 얼굴을 맞대고 살아 왔다.

헐은 자신도 모르게 눈물이 고인 채 서둘러 엘리베이터로 향했다. 어릴 적부터 아무리 노력을 기울여 봤지만 언제나 부담을 떠안아야 했다.

그는 남들에게 최선을 다해왔지만 모두가 만족스러워하지 않았다. 그는 항상 하기 싫은 일을 억지로 떠안으면서도 대등한 취급을 받지도 못한 채, 친구 취급도 받지 못했다.

헐은 어릴 적 꿈이 화가였다. 끝없이 펼쳐진 하늘과 명상에 잠긴 듯이 보이는 나무들을 그리고 싶었다. 가슴에 새겨진 아름다움을 색으로 표현하고자 꽤나 고심을 했었다. 그의 머릿속에서는 풍경이 역동적으로 끊임없이 변하고 있었다. 헐에게 있어 캔버스는 퇴색된 인생으로부터 사람들을 초대하기 위한 초대장이라고 여겨졌다.

몇 년이 흘러 한 아가씨가 그에게 미소를 지어 보였고, 그녀와 결혼을 한 뒤로 화가가 되겠다는 꿈은 일과 일상의 사소한 일들에 떠밀려 예술적 감각은 마치 손발이 잘려나간 듯 사라졌고, 임대료와 식기, 고기와 채소, 새로 산 모자, 태어난 아기를 위해 자신의 재능을 써야만 했다. 헐은 인생의 중압감을 느끼면서 자신의 인생에 침범해 오는 무수한 번잡함과 싸우며 힘겹게 살아가고 있었다.

과거의 솔직하고 확실했던 사고방식도 지금은 왜곡되어

버렸다. 헐은 가끔씩 침대에 누워 혼란스러운 머리로 자신이 미처 처리하지 못한 온갖 문제들에 대한 생각에 잠겼다. 자신과의 관계, 업무에 관한 생각, 결혼생활에 대해…. 그 모든 것이 서로 엉망진창으로 얽혀 있었다.

그러나 그의 영혼을 마비시키고 있는 고민은 이런 것들이 아니었다. 이런 어리석은 방법으로 인생을 허비해야 한다는 것에 헐은 심한 분노를 느끼고 있었다. 자신이 80살이 되더라도 같은 중압감을 여전히 느낄 것이라는 생각 때문이었다.

이상주의적인 성격의 사람만이 이런 생각에 빠져드는 것은 아니다. 세상은 곧잘 이상주의자들을 말살하려고 하는데, 인생이 희생자로 고르는 것은 그런 사람뿐만이 아니다.

♣ 후회만큼 어리석은 것은 없다

헐의 아내 맥은 1센트조차 『베니스의 상인』의 샤일록처럼 꼼꼼하게 쓰고, 집안의 복잡한 일들을 처리하며 남편과 자식들을 돌보며 자신의 일은 전혀 신경도 쓰지 못한 채 일만 해야 했다. 언제나 무언가에 쫓기며 정신적인 휴식을 취할 틈이 없었다. 물론 그녀의 이런 고민은 평범한 가정주부라면 누구나 갖고 있는 고민이었지만.

그러나 혈은 맥이 자신보다 훨씬 무거운 짐을 지고 있는 것이 아닐까 하는 생각은 전혀 하지 못했다. 왜냐하면 그의 입장에서 보면 자신이 아내를 먹이고 입히고 있기 때문이었다. 그녀는 언제나 안전한 집에서 '맘껏 자신의 시간'을 가질 수 있는 '부러운 입장'이라고 여겼기 때문이었다.

이런 상황에서는 남편과 아내 두 사람의 입장을 다 아는 사람만이 객관적이고 균형이 잡힌 전체적 상황을 파악할 수 있다. 혈이 당신과 매우 가깝다면, 그는 아내의 압력에 대하여 상당히 나쁘게 말하거나, 혹은 자신의 입장만 이야기하지 않을까?

너무 많은 일들을 어깨에 떠안고 있다. 자유가 없다. 인생의 즐거움이라고는 고작해야 카드놀이, 댄스, 연극관람 정도. 맥과의 대화는 전혀 없고 그저 책임감에 얽매여 있다….

혈은 자신이 일의 노예라고 말하면서 아내의 낭비와, 아내의 영향력 하에 있는 가족들의 속물적 근성을 한탄하는 것이다. 아내가 아이들의 교육을 제대로 시키지 못하고 있다고 여기며, 남편인 자신만을 속박하고 있어 더 이상 자신을 사랑하지 않는 게 분명하다. 더 이상 함께 살아도 아무런 의미가 없다…,라는 생각마저도 했다.

반대로 맥이 당신의 친구라면 어떨까? 그녀는 당신에게 자신이 얼마나 궁지에 몰려 있는지를 이야기할 것이다.

맥은 본인이 너무 많은 일을 하고 있다며 고통을 호소할 것이다. 또한 현재 살고 있는 환경을 견딜 수 없어 골치가 아프다고 말할 것이다. 그녀는 무슨 일을 하더라도 아무 소용이 없을 것이라고 느낄 것이다. 결혼이나 미래, 인생에 대한 믿음이 이미 사라진 것이다.

이렇게 말하는 것이 너무 과장된 것일까? 그렇지 않다. 이와 똑같은 상황을 우리의 친구들과, 동료들과, 아니 여러분의 가족들 속에서도 발견할 수 있을 것이다.

그렇다면 그 원인은 과연 무엇일까? 그것은 바로 공포이다. 자기중심적인 것에 대한 공포 때문이다. 자연이 명령하는 대로 자신답게 사는 것에 대한 공포 때문이다. 그리고 자신과의 타협, 사랑과의 타협, 인생과의 타협을 해 버리고 마는 것이다.

가장 시급한 문제는 당신의 왜곡된 사고방식이다. 인생이 허무하다는 생각에서 어떻게 벗어나면 좋을까? 무기력, 청춘

시대의 자신을 지탱해 주었던 희망을 갉아먹고 있는 정신적 붕괴를 어떻게 피하면 좋을 것인가?

헐의 노력은 대부분 '무익'한 것이라고 느낀다면, 맥 또한 자신들의 희생이 허사였다고 여길 것이다.

헐의 동생과 본인을 위해 온갖 방법을 썼지만 여전히 사회에 적응을 하지 못하고 있다. 딸 넬리는 부모가 살아가는 모습을 봐 왔기 때문에 강하지도 좋아지지도 못한다. 그리고 맥은 헐의 어머니의 질투심을 그저 힘겹게 견디고 있다. 이렇게 헐과 맥이 함께 서 있는 인생의 토대는 지금 당장이라도 무너지려 하고 있다.

♣ 좀 더 '자신을 믿고' 살자

자신들이 떠받들던 모범을 따르다 실패하고, 잘못된 상식에 직면해서 절망하는 것은 모든 가정에 불행을 초래하고 만다. 자기희생을 기반으로 한 의무의 중압감이 세상을 파괴하려 하고 있다. 사람들은 그런 의무감 때문에 다음과 같은 일이 벌어진다.

- 결국 견디기 힘든 상대를 받아들인다.
- 마음에 들지 않는 환경에 계속해서 산다.
- 성격에 맞지 않는 직업을 선택한다.
- 서로에게 상처를 입히지 않기 위해 사랑하지도 않는 상대와 헤어지지 않는다.
- 자신에게 유익한 것을 포기하고 미래를 위험에 빠뜨리는 책임을 떠안는다.
- 자신의 성장을 믿지 않고 재능을 키우려 하지 않는다.
- 평화를 유지하기 위해 가까운 사람에게 호통을 치게 하거나 자신을 지배하게 한다.
- 남이 그렇게 해야 한다고 생각하고 있다고 해서 자신의 진심과 다른 행동을 한다.
- 낡은 인습을 따르느라 자신의 본성대로 사는 것을 거부한다.

이렇게 소심하다면 결국 자신의 욕망대로 행동했을 때보다 훨씬 비극적인 결말을 초래할 수밖에 없는 것이다.

자기중심적으로 사는 것에 대한 두려움은 그 어떤 공포보다 크며, 그 어떤 공포보다 뿌리가 깊으며, 그런 공포심을 지니는 것은 가장 쉽게 저지를 수 있는 잘못이다. 본인 스스로 두려움을 느끼기 때문에 실패를 하는 것이다. 자신을 두려워하기 때문에 인생은 거짓된 것이 된다. 다시 말해 자신을 두려워하는 데서 절망이 싹트는 것이다.

사실은 당신의 행복에 있어 이것 이상으로 중요한 것이 없다. 인생의 감옥을 깨고 싶다면 용기를 가져야 한다. 단, 서로 이해하기 위해 노력하는 것도 중요하다.

이 새로운 자유는 무질서와는 전혀 다르다. 욕망과 욕심, 방종 등과는 아무런 상관도 없으며, 또한 요즘 젊은이들에게서 볼 수 있는 거칠고 냉혹한 면모와는 전혀 다른 것이다. 남의 집 정원의 꽃들을 짓밟거나, 자동차에 흠집을 내고, 타인의 마음에 상처를 입히는 등 무책임하고 제멋대로 행동하는 것을 옹호하는 것이 아니다.

현대사회의 고삐 풀린 망아지처럼 날뛰는 이기주의는 훌륭한 윤리에서 생겨난 것이 아니다. 그것은 단순히 자신을 억제하지 못하기 때문에 발생하는 것이다.

젊은이들은 항상 어른들의 위축된 가치관에 반항해 왔다. 그리고 그것은 제멋대로 구는 안하무인, 사회에 대한 무관심

이라는 형태로 표출된다. 그러나 이런 착각과 용납할 수 없는
반역은, 내가 주장하는 건설적인 자기중심주의와는 거리가
멀다.

불안감은 그 '원인'부터 없애라

Positive vitamins

　자기중심적으로 살아가는 데 위화감을 느끼면 인생에서 심각한 타협을 해야 한다. 이것은 지금까지 살펴본 결과 명확한 사실이다. 또한 집단적인 착각에서 자유로워지는 것이야말로 우리의 모든 문제를 해결해 주는 열쇠이다.

　그런데 대부분의 사람들은 일상생활의 문제를 자신의 심적 습관과는 아무런 관계가 없다고 생각하고 있다. 그들은 곤란에 대처하는 데 있어 마음상태가 아무런 도움도 되지 않는다고 착각하고 있다. 돈에 대한 고민은 경제적 문제, 사업에 대한 고민은 거래에 관한 문제, 가정의 행복은 의식주의 문제로 매우 구체적이다.

이것은 틀림없는 사실이다. 경험으로 볼 때 이것을 부정하는 사람은 아무도 없을 것이다. 그러나 이렇게 각각의 문제에 당신의 심리적 습관이 깊은 관계가 있다는 것을 깨닫지 못한다면 문제의 핵심을 파악하지 못하게 된다. 또한 그 사람이 가정과 돈을 어떻게 다루고 있는지를 생각하지 않는다면 문제의 핵심을 영원히 파악하지 못하게 된다.

인생을 어떻게 받아들일지는 자신이 어떤 인간인지에 대한 문제와 직결된다. 당신의 마음이 조금이라도 흔들린다면 당신은 당신 본연의 힘을 발휘할 수 없다. 우리가 객관적인 것이라고 굳게 믿고 있는 곤경의 대부분이, 본질적으로는 주관적인 것이며 우리 자신의 것이기 때문이다.

가장 큰 문제는 자기 자신에게 달려 있다. 달리 말해 우리는 인생의 쓰레기를 걷어내기 전에 먼저 자기 자신의 눈에서 먼지를 걷어내야 하는 것이다.

♣ 당신의 고민과 불안의 '재고 리스트'

최근 들어 불안 때문에 카운슬러의 도움을 청하는 사람들이 늘고 있다. 그런 사람들과 카운슬러와의 전형적인 대화 내용을 한 번 소개해 보기로 하자.

골트는 우울한 기분에 빠졌다.

"나는 너무 불행해요."라고 골트는 말했다. "정신적으로 지쳐서 잠을 잘 수가 없어요. 의사는 몸에 특별한 이상이 없다고 합니다. 그래서 선생님과 상담을 하면 아내와 자식들에게 받는 스트레스에서 조금은 벗어날 수 있을 수도 있다고 생각했습니다. 집에서는 전혀 쉴 수가 없습니다."

"언제부터 그런 고민을 하게 됐습니까?" 카운슬러가 물었다.

"그게, 결혼하고부터 계속입니다." 골트가 말했다.

그는 가정 문제를 상담한다고 생각했지만, 카운슬러는 테스트 종이를 건네며 적으라고 말했다. 질문을 하나하나 꼼꼼히 읽고 그 시점에서 본인을 불안하게 하고, 걱정하게 하고, 두렵게 하고 있는 것들 모두에 선을 그으라고 말했다. 각각의 단어에서 그가 느끼는 고통과 불안이 약한지, 조금 강한지,

아주 강한지, 혹은 견딜 수 없을 만큼 심한 것인지를 살펴보기 위한 것이다.

다 적고 나자 골트는 카운슬러에게 테스트지를 되돌려주었다. 카운슬러는 '견딜 수 없을 만큼'에 선이 그어져 있는 질문에 주의를 기울였다.

골트는 다음과 같은 단어에 강한 반응을 보였다. 공포, 이기주의, 악, 가정, 죽음, 죄, 꿈, 밤, 미래, 사람들, 실패, 빈곤, 후회, 자살, 추억, 잘못, 나약함, 우울, 고독, 신경질, 불안, 무기력, 그리고 낙담.

2, 3분이 지나자 카운슬러는 골트를 바라보며 입을 열었다.

"일단 이 목록들을 한번 살펴볼까요. 여기에는 모든 종류의 곤란한 상태에 관한 단어가 망라되어 있습니다. 당신은 예를 들어 돈과 동업자, 부인과 이웃, 친구의 성격 등에 선을 긋는 게 좋았을 것입니다. 그러면 당신의 문제는 업무적 문제나 성격 문제라는 것을 쉽게 알 수 있었을 것입니다.

그러나 당신의 경우에는 이기주의, 죄, 죽음 등에 관한 문제가 드러나 있군요. 이 목록에는 불안정, 불확실한 감정, 무력감 등이 드러나 있습니다. 미래에 대한 불안도 확실히 드러나 있고 자살도 두려워하고 있습니다. 이것은 당신이 정말로 고통스러워하고 있는 것이 가정생활의 중압감이 아니라는 것을 의미합니다. 당신의 문제는 당신의 내면에 있습니다. 인간은 자신의 내적 요소를 둘러싸고 있는 불안을 현재 상태 때문이라고 돌리기 쉽죠."

카운슬링 중에 골트가 장미향을 견딜 수 없을 만큼 싫어한다는 것도 알 수 있었다. 장미향으로 가득한 방에 들어가면 항상 몸서리가 쳐지는 것이었다. 그는 아무런 죄도 없는 꽃향기 때문에 일어나는 불안의 원인을, 카운슬러가 과거로 거슬러 올라가 분석할 때까지 이해할 수 없었다.

그의 과거를 천천히 되짚어 보니 다음과 같은 사실을 알 수 있었다. 골트는 아주 어릴 적에 수술을 받기 위해 병원에 누워 있던 어머니를 간호한 적이 있었다. 어머니의 머리맡 테이블에는 향기로운 장미꽃 화분이 놓여 있었다. 그는 어머니를 사랑하고 있었기 때문에 어머니의 병환은 그에게 있어 고통이었다.

어머니의 오랜 와병으로 인해 골트는 숙모님의 손에 의해 자라게 됐으며, 그가 뭔가 소리를 낼 때마다 "너는 이기적이야."라는 소리를 들었다. 아무도 이 어린 소년의 기운을 발산하는데 도움을 주기는커녕 '이기적인 나쁜 아이'라는 소리만 계속했던 것이다.

어머니는 마취상태에서 깨어나지 못한 채 돌아가셨고, 그는 마음속으로 깊은 상처를 받았다. 그의 마음속 깊은 곳에서 장미꽃 향기가 본인도 모르는 사이 상처와 이어져 고통의 상징이 되어 버린 것이다.

이렇게 정신적 왜곡은 인생에 대한 태도까지 왜곡시켜 버리고 만다. 일상의 문제와 악전고투하는 사람들은 셀 수 없이 많지만 대부분의 사람들이 이렇게 과거의 상처를 질질 끌어가고 있다. 그들의 문제를 해결하는 열쇠는 부당하게 비난당했던 경험에서 해방시켜 주는 것이다. 어릴 때 숙모님에게서 들은 "너는 이기적이야."라는 '저주'가 인생을 좌절하게 하는 원인이 됐으며, 더 나아가 인생에서 의욕을 상실하게 한 원인이었던 것이다.

골트가 했던 테스트는 '자유연상'이라 부르는 것으로, 이것은 자기 자신의 내면에 가장 강렬하고 뿌리 깊게 억눌린 감정을 표면으로 드러내기 위해 매우 효과적인 방법이다.

♣ 인생은 '당신'을 버리지 않는다

헬렌 휴잇도 이 자유연상법으로 자신을 해명하려 하고 있었다.

그녀는 지금 저물어가는 석양을 바라보며 앉아 빌딩 위를 날고 있는 새 한 마리를 바라보고 있었다. 그녀는 가끔씩 자신 앞에 놓여 있는 종이를 멍하니 바라보며 단어들을 이어나가고 있었다. 마치 작곡가가 멜로디의 영감을 떠올리듯이, 그녀는 지금 막 적은 단어가 다음 단어를 암시해주기를 기다리고 있는 중이었다.

그녀가 쓴 단어는 새, 우리, 감옥, 집, 부리, 어머니, 콧소리, 분노, 증오, 두려움, 서쪽, 문, 빛, 지평선, 안전, 외로움, 헨리, 사고, 죽음, 이별, 허무, 인생, 저주, 아아 신이시여!

이 단어들과 나열된 순서로 우리는 그녀가 사랑했던 헨리라는 남성이, 콧소리에 매부리코를 한 어머니에 의해 그녀와 헤어지고 서부로 갔다가 사고로 죽게 돼서, 그녀가 인생을 허무하게 느끼고 있다는 것을 알 수 있을 것이다.

헬렌은 헨리와 결혼하길 바라다가 어머니에게 나쁜 딸이 될까 두려워했다. 그리고 그로 인해 그녀의 인생은 엉망이 된 것이다.

　인생이 헬렌을 버린 것일까? 아니면 그녀의 자신에 대한 두려움과 도덕적 공포가 정상적인 충동을 막아 버린 원인이 돼서, 그녀의 인생을 좌절하게 만든 것일까?

　사람들이 '의무'라고 부르는 것을 따르지 않았다면, 헬렌의 인생은 행복했을지도 모른다.

　그럼에도 불구하고 그녀는 어머니에 대한 의무를 다해야 한다고 생각해서 행복을 얻지 못했고, 그 좌절의 경험이 그녀의 인생을 모두 왜곡시켜 버린 것이다. 게다가 그 왜곡으로 인하여 헬렌은 일상의 모든 일들을 고통스럽게 느끼고 있던 것이다.

　그녀는 어째서 이런 상황 속에서 벗어나지 못하는 것일까? 그리고 어째서 우울증의 원인을 찾아내려고 하지 않은 채, 현재의 사실에만 빠져 고민을 하고 있는 것일까?

　그녀는 이기주의자라는 소리를 듣는 것을 두려워하고 있었다. 그녀의 마음은 산처럼 높이 쌓인 부정적 이미지에 사로잡혀 있었으며 정상이라고 할 수 없는 태도에 의해 비뚤어져 있었던 것이다.

　노이로제에 걸릴 만큼 자신을 왜곡시켜서는 안 된다. 자기 자신으로서 당당하게 살아가는 것을 두려워하며 움츠려들어 반항적이 돼서는 안 된다. 그런 상황에 빠져 있을 때는 모든 판단을 자기중심적으로 하게 돼서 자연의 법칙을 거스르게 되고 만다. 그렇게 되면 당신은 죽을 때까지 자신을 행복하게 할 수 없다.

인간은

스스로

원하는 만큼의

행복을 얻습니다.

'등에 짊어진 짐'을
줄여라

Positive vitamins

    타인의 평가를 통해서만 자신의 인생을 바라볼 수 있다면, 당신은 모든 것에서 위협을 받는 존재가 된다. 당신이 사회적인 입장에서만 자신의 존재 의미를 찾지 못한다면, 입장이 바뀔 때마다 우울해지고 그때마다 일어나는 모든 것이 걱정거리가 돼서, 당신을 억누르게 될 것이다.

    그러나 자연에 있는 것, 다시 말해 동물이나 식물, 광물 등과 밀접한 접촉을 유지하고 있는 사람은 누구에게도 위협을 당하지 않는 강인함을 가지고 있다. 그러므로 동물학자, 식물학자, 탐험가 등과 같은 사람들은 문제가 발생한다고 하더라도 스스로 목숨을 끊는 일은 거의 없다.

자살을 피하기 위해 가장 중요한 것은 '자연으로 돌아가는 것'이다. 감상적으로 자연을 추구하는 것이 아니라 자연이 정한 법칙을 순순히 따를 때, 우리의 마음을 죽이지 않아도 된다. 이 점을 잊는다면 인생의 모든 가치가 위협을 받게 된다.

♣ 자신의 인생을 '파산'시키지 않기 위해

프랭크 듀럴이라는 남자의 인생이 비극적인 상황으로 전개된 상황을 생각해 보자. 그는 주식 거래소의 중개인이었는데 스스로 목숨을 끊고 말았다. 신문에는 업무상 막다른 길에 달한 결과라고 적혀 있었다. 그는 주식에 실패해 모든 재산을 다 날리고 말았다. 집은 물론 모든 것을 다 처분해야 했다. 사람들은 그를 시장의 희생자라고 했다.

그러나 정말로 그랬을까? 만약 그렇다면 경제적 혼란에 직면한 다른 사람들은 왜 죽음을 선택하지 않는 것일까?

대부분의 중개인들은 농담 삼아 자신들의 직업을 도박과도 같다고 말한다. 그들은 몇 번이고 '알거지'가 된다고 한다.

그러나 대부분의 사람들은 거기서 포기하지 않는다. 언젠가 다시 되돌릴 수 있다고 생각하기 때문이다.

듀럴은 소년 시절부터 이미 신경질적이고 흥분하기 쉬운 성격이었다. 어머니가 너무 응석을 받아주었기 때문에, 그는 자신의 판단에 과도한 자신감을 갖고 있었다.

그의 머리가 비상하다는 것은 누가 보더라도 분명한 사실이었다. 하지만 머리가 좋은 것과 신중한 사고방식과는 별개의 것이다. 듀럴은 자신의 비상한 두뇌를 장난삼아 이용하고 재빨리 회전시켜 모든 일을 충동적으로 결정했다. 그는 22년 동안의 주식 중개인 생활을 하는 동안 주식을 사고, 팔고, 낭비하고, 접대하는 등 정신을 차릴 수 없는 상태로 살아 왔다.

그에게 있어 돈 이외에는 아무런 현실감이 없었던 것이다. 자연의 아름다움, 예술의 신비함, 음악의 장엄함 등에는 완전히 등을 돌리고 있었다. 독서를 할 시간조차 없었다. 아내의 요구에도 그저 아내가 내미는 계산서에 대해 돈을 지급하는 것으로 대응했다. 정신과 치료를 받아보라는 주변 사람들의 충고는 완전히 무시를 했다. 그가 생각하는 병이란 것은 위장병이나 감기 등의 신체적인 문제뿐이었다.

시장경기가 좋을 때는 그도 성공을 거둘 수 있었다. 그러나 경제적으로 좌절을 당했을 때 그에게 남겨진 것은 인생의 단편에 불과했다. 모든 것이 아무런 의미도 없게 됐다. 그는 참을 수 없는 냉소적 공허함을 느꼈다.

부와 지위를 잃은 그의 인생은 아무것도 남지 않았다. 또한 그것들을 되찾기 위한 노력조차 허무하게 느껴졌다.

다른 사람들에게 있어 인생의 활력소인 것들이 그의 경험 속에는 없었다.

♣ '자존심' 때문에 자멸하고 마는 사람

듀럴은 인생이 피곤해진 것일까? 아니면 세상이 피곤해진 것일까? 그에게 있어 하늘과 태양, 비 등이 그렇게까지 별 게 아니었던 것일까? 인생 속에서 온갖 드라마를 경험하면서 자신의 힘으로 스스로 인생을 헤쳐나가는 모험이 그렇게까지 불유쾌한 것이었을까?

만약 업무상의 책임과 결혼생활에서 요구되는 것들, 사회가 떠받들고 있는 것, 바보 같은 교양 등의 중압감을 줄일 수 있었다면, 이렇게 잘못된 신들의 지배로부터 해방될 수 있었다면, 그는 인생을 그렇게까지 고통스럽게 여기지 않았을 것이다.

지금까지 자신을 지배하고 있던 어리석은 처세술과 하찮은 체면을 다 집어던지고 용기를 갖고 인생에 도전했다면, 그는 자살 따위는 생각하지 않았을 것이다.

자살은 우울증의 극한에 달한 상태의 표출이다. 자신의 인생은 좀 더 만족스러운 것이어야 한다는 분노에 우울증이 더해져 결국에는 복수하는 심정으로 바뀐 것이다. 세상이 자신을 불행하게 만들었다고 생각하고, 그런 세상에 복수를 하겠다고 생각한 것이다. 또한 자신이 친하게 지내던 사람들에게 복수하고 싶다고 생각하는 것도, 그들이 자신을 불행하게 만들었다고 생각하기 때문이다.

그렇게 되면 자살이 이기심을 만족시키기 위한 행위가 되는 것이다. 스스로 목숨을 끊는 사람들은 발작을 일으키는 어린아이와 똑같은 상태로, 자신의 울분을 터뜨리는 것이다. 다시 말해 한 가지 일에 실패했을 뿐인데도 자신의 인생이 완전히 끝났다고 히스테리를 일으키며, 자유를 추구하는 대신에 스스로 목숨을 끊는 것이다.

이런 감정의 혼란은 신체적인 병과 장애를 일으켜 혈액에 독소를 퍼지게 해 기관의 작동을 둔하게 한다. 내분비선, 특히 뇌하수체의 기능장애가 현저하게 나타난다. 이럴 경우에 현명한 치료가 주목할 만한 도움을 줄 수도 있다.

사고는 그 대상과 관계를 맺고 마음속으로 상상했던 것에 상응하는 것을 물질세계에서 창출해내는 성질이 있다.

이런 상태에서는 신경이 긴장하는 습관이 생기게 된다.

자살은 일정기간의 스트레스 뒤에 일어난다. 긴장이 극한까지 달해 머릿속에서 일시적인 응고작용이 일어나게 된다. 그러나 안정을 취하고 잠시 기다릴 줄 안다면 그 충동은 지나가 버릴 것이다.

♣ 고통스러울 때 효과 빠른 '마음의 비타민'

갑자기 자살을 생각하고 마는 사람은, 자신이 다음과 같은 내용에 얼마나 당혹감을 느끼는지를 생각해 볼 필요가 있다.

첫째, 치료하면 고칠 수 있지만 시기를 놓친 감춰진 병의 존재.

둘째, 초조함과 우울함의 원인이 되는 분비선의 불균형.

셋째, 일시적 신경의 긴장.

넷째, 원래로 돌릴 수 있는 신경질적 증상.

다섯째, 바꾸려고 마음만 먹으면 바뀔지도 모르는 경제적
　　　　상황.

여섯째, 도덕에 얽매인 지적 혼란.

일곱째, 물질 만능주의에서 비롯되는 정신적 억압.

당신은 언젠가 어디에선가 당신 나름의 승리를 획득할 수 있을지도 모른다. 지금 당장 그것을 자신의 것으로 만들어라.

의기소침해 있는 사람들에게는 다음과 같은 상황에 효과가 빠른 비타민이 필요하다.

첫째, 누군가, 혹은 무언가에 대해 몰래 복수하고 싶은 동기.

둘째, 하지 않으면 안 된다고 착각하고 있는 의무.

셋째, 의식하지 않은 나태한 기분.

넷째, 옛날부터 습관적으로 쉽게 절망하는 자세.

다섯째, 느낄 필요 없는 죄의식.

여섯째, 청춘시절에 독특한 죽음에 대한 열망.

일곱째, 무엇이든 필요 이상으로 걱정하는 삶.

인생이 '더 이상 지속할 수 없다.'는 상황에 달했다면 어떤 경우라 할지라도, 당신은 다음과 같은 것을 이해하기 바란다.

당신은 그것을 깨닫지 못하고 있지만, 그저 지금의 인간관계와 상황 속에서 더 이상 지속할 수 없다고 생각하고 있을 뿐이다. 스스로 목숨을 끊는 대신 휴가를 내라. 모든 스트레스에서 벗어나 전혀 새로운 배경 속에 당신을 맡겨라.

타히티는 어떨까? 사모아는? 소박한 사람들과 친구가 돼서 '자연'과 함께 노는 것을 배우자. 자연으로부터 자신도 행복해질 권리가 있다는 것을 배울 수 있다. 그 권리를 포기해서는 안 된다.

로버트 루이스 스티븐슨(보물섬의 작가)이 한 말을 떠올려 보자.

"누구나 해가 질 때까지는 아무리 힘들다 할지라도 그 짐을 짊어질 수 있다.

누구나 하루 종일 아무리 힘들다 할지라도 일을 할 수 있다.

누구나 해가 질 때까지는 즐겁게, 인내심 강하게, 애정을 가지고 순수하게 살 수 있다.

그리고 이것이야말로 참된 인생이 의미하는 전부이다."

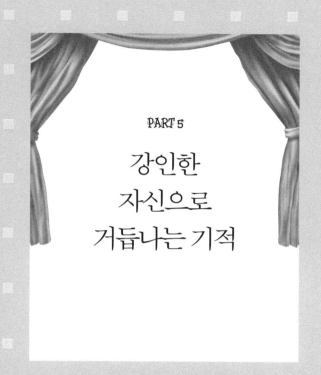

PART 5

강인한
자신으로
거듭나는 기적

part 1 바로 오늘부터 당당한 자신을 만들자

새로운 해가 뜰 때마다 새로운 기회가 생긴다.

'기적'은
스스로 만드는 것이다

Positive vitamins

    누군가에게 빚진 마음으로 자책하며 고민하고 있는 사람이 '자신의 부채'를 인생을 통해 갚기 위해서 아무런 노력도 하지 않는다고 생각한 적이 없는가? 그런 사람들은 죽을 때까지 파괴자로서 행동을 하는 것이다. 우리가 그들의 행위를 용서하는 한, 그들은 계속해서 똑같은 행동을 할 것이다.

    내가 말하고 싶은 자책이라는 마음은, 사람을 우울하고 무겁게 가라앉게 만들어 부정적인 기분이 들게 한다는 것이다. 이런 부정적인 마음은 사람의 유능함을 파괴시키고 조화를 이룰 수 있는 힘을 둔화시킨다. 자책하는 마음은 자기만족의 어두운 그림자에 불과해서 자학을 통해 자신을 슬프게 할 뿐이기 때문에 아무런 도움도 되지 않는다.

그러므로 공연한 자책을 하지 말고 잘못을 인정하는 법을 배워라. 이미 다 지나간 일이다. 잘못을 인정해야 다음 기적이 시작되는 것이다.

★ '하지 않은 후회'는 '시도해서 맛본 실패'보다 훨씬 쓰다

클라라 애트워터는 거의 웃는 일이 없었으며 눈에는 항상 슬픔이 가득했다. 그녀는 사소한 실패를 한 후 끝없이 자책을 했고, 그런 생각이 예리한 바늘이 돼서 마음을 콕콕 찌르고 있었다. 그녀는 이렇게 자책과 혼란스러운 마음에서 벗어나지 못해, 결국 또 다른 실패를 만들어 내고 말았다.

클라라처럼 실패를 두려워하는 것은 또 다른 실패를 불러들이고 만다. 죄의식이 스스로에게 유죄판결을 내려버리는 것이다. 고뇌를 벌이라고 착각한다면 용기와 좌절을 극복할 힘까지 모두 잃어버리게 된다.

한 가지 확실한 사실이 있다. 과오를 범했다고 자책하고만 있다면 그것을 바로잡을 수 없다는 것이다. 일반적으로 자존심이 강한 사람일수록 모든 면에서 완벽하다. 뭔가 문제가 발생하면 분통을 터뜨리고 만다.

성인이거나 따질 게 없을 만큼 현명한 사람이라면 모든 면에서 완벽할 것이다. 하지만 당신은 그렇지 못한 우리 일반인들이 얼마나 많은 과오를 범하고 있는지 잘 알고 있을 것이다. 우리는 1년 365일 과오를 범하고, 그것을 끈기 있게 고쳐 나가고 있다.

기억이란 때로는 지옥과도 같은 고통을 맛보게 한다. 그중에서도 했으면 좋았을 것이라는 자책감은 잘못을 저지른 뒤 맛보는 고통보다 힘들다. 반면에 결과가 어떻든 간에 열심히 노력했다면, 그 노력 자체의 강력함이 우리를 지켜 준다.

우리는 당면한 문제만으로도 충분히 힘이 드는데, 어째서 과거의 힘든 기억까지 끌어안으려 하는 것일까? 당신이 가장 심하게 한탄을 하는 것은, 본인이 떠안고 있는 문제 때문에 우울해 하고 있을 때일 것이다. 50년 동안의 무거운 짐을 짊어지고 있어 다가올 새로운 나날들까지 저주하는 사람도 있다. 자신의 욕구에 의문을 품으며 시간을 허비하고 있는 사람은 아무것도 모른 채 곤란이라는 쓴 열매를 끌어 모으고 있는 것이다.

여기에 우리가 자주 저지르는 잘못에 대해 살펴보기로 하겠다.

문제를 크게 만들어 버리는 12가지 '부주의'

1. 자신이 바라는 것을 알려고 하지 않는다.
2. 자신의 의도를 주변사람들에게 말하기를 꺼려한다.
3. 자신의 방법이 올바른지를 곰곰이 생각하지 않고 서둘러 행동으로 옮긴다.
4. 용기를 내서 앞으로 나가려 하지 않고, 전혀 행동으로 옮기지 못한다.
5. 출발점의 사소한 걸림돌을 너무나 심각하게 받아들여 주저앉고 만다.
6. 사실을 전부 파악하지 못했다는 데 불안을 느낀다.
7. 개인적인 감정으로 자신의 인생을 혼란에 빠지게 한다.
8. 의무의 환상에 현혹되어 있다.
9. 문제가 너무 커지지 않을까 미리 걱정하다 문제를 키워 버린다.
10. 과거의 실패 때문에 현재를 왜곡해서 본다.

당신의 인생을 이끌어 줄 긍정 비타민

11. 문제를 극복하려 하지 않고, 문제 자체에 초점을 맞춰 고민에 빠져 버린다.
12. 모험의 기쁨과 이겨내는 기쁨을 깨닫지 못한다.

★ '우물쭈물하는 사람'은 당하고 만다

실패는 성공을 위해 반드시 필요한 것이다. 단 한 번의 실수도 저지르지 않고 가치 있는 일을 해낸 사람은 아무도 없다. '완벽한 성공'은 '완벽하게 어리석은 사람들'의 이상이다. 당신이 용기를 가지고 문제에 도전하지 않는다면, 문제가 당신에게 도전장을 내밀 것이다.

행동이 필요할 때는 일단 저질러 보는 것이다. 꼼짝도 하지 않는 것은 경솔함보다 더 나쁘다. 너무 오랫동안 생각하는 것도 문제가 있다. 이것은 특히 인간관계에 있어 더더욱 그렇다. 우물쭈물하다가는 당하고 만다.

성공의 비밀은 행동 속에 있다. 가능한 많이 생각하라. 그리고 일단 행동으로 옮겨라. 결국 실수를 저지르지 않는다면 그 실수를 바로잡을 수도 없는 것이다. 인생이라는 긴 싸움에서 이기고 싶다면 실제로 거의 일어나지도 않는 일을 일어나지 않을까 두려워해서는 안 된다.

운이 좋을 때는 괜찮다가 운이 멀어지면 정신적으로 침울해 하는 사람은, 작은 문제에도 금방 동요하며 정신을 차리지 못하게 된다. 시합이 잘 풀릴 때는 힘을 아껴 힘들 때를 대비해야 한다. 성공은 바로 이 힘의 균형을 얼마나 잘 유지하는가에 달려 있다.

옳다고 굳게 믿고 실행에 옮겼다가 결과적으로 실패로 끝났다고 해서 끊임없이 수치스럽게 여긴다면 부정적 사고의 악순환에 빠지게 된다. 그리고 풀이 죽은 얼굴로 침대에 누워 자신의 문제에 대해 생각에 빠져들고 만다. 그러나 이런 사람은 문제점에 대해 생각하고 있기는 하지만, 결코 한 가지 사실을 이해할 수 있을 때까지 신중히 분석해 보려고는 하지 않는다.

우리가 과거의 잘못에서 배울 수 있는 것은, 그 잘못을 저지른 자신을 계속해서 신용하는 경우이다. 만약 당신이 잘못된 행위와 자신의 결점 때문에 얼굴만 붉히고 있다면, 자신의 실패에서 아무것도 배울 수 없을 것이다. 일단 자기비하라는 기생충에 감염되면, 당신은 그 기생충처럼 상식이라는 지저분한 옷 속을 스멀스멀 기어다는 것처럼 될 것이다.

　게다가 자신을 이처럼 깔보고 멸시하게 되면 타인의 명예를 더럽히는 일도 서슴지 않고 하게 된다. 우리는 자신의 열등감을 주변 사람들에게 전가시키고 만다. 열등감을 버리는 법을 배우지 않는 한, 우리는 자신의 열등감을 타인에게 감염시키고 공유하려 하게 된다.

　이것은 우리를 영원히 고통 속으로 빠져들게 하는 과오이다. 따라서 자신이 하는 일, 하는 말 때문에 다른 사람들에게 죄의식을 느끼게 해서는 안 된다. 이 점은 반드시 주의하기 바란다. 왜냐하면 인간은 누구나 책임을 회피하고 싶어 하고, 불안한 마음을 다른 사람에게 전가하고 싶어 하는 습성이 있어, 자신도 모르게 남 탓을 하게 되기 쉽기 때문이다.

　대부분의 사람은 자신이 실수를 저질렀다는 생각이 들면 이기적이 돼서, 본인 스스로 실패를 저질러놓고서도 인상이 험악해 진다. 그리고 마치 다른 사람 때문에 문제가 발생했다는 듯이 행동한다. 이런 기분에 빠져 있는 사람은 주변 사람에게도 문제의 원인을 찾아낼 기회조차 주지 않는다.

　본인의 상처 입은 자존심은 일단 접어두고 문제의 장점과 단점을 확실히 살펴볼 줄 아는 사람이라면, 주변 사람들로부터 문제를 해결하는 데 필요한 도움을 얻을 수 있다.

어째서 자신이 잘못을 저질렀는지에 대한 이유를 열거한 뒤, 잘못된 행동과 잘된 행동을 비교해 보라.

무슨 일이든 공포심과 분노를 털어 버려라. 공포와 분노는 가슴속에 품고 있어도 아무런 도움이 되지 않는다.

이것은 어떤 의미에서 볼 때 곤란과 맞서기 위한 가장 기본적인 것이다. 왜냐하면 곤란을 극복하는 첫걸음은 항상 저항력을 발휘하는 것이기 때문이다. 저항력이 있다면 역경은 극복할 수 있다. 그럼에도 불구하고 대부분의 사람들은 문제점을 해결하기보다는 문제점 자체에 집착하는 실수를 범하고 만다.

스스로 자문해보길 바란다. "이 문제는 무엇 때문에 발생한 것일까? 단순히 자신을 고통스럽게 하기 위해서 발생한 것인지, 아니면 본인의 성장과 이해를 위해 필요한 것인지." 인간은 받을 필요가 없는 것은 거의 받아들이지 않는다.

이 사실을 스스로 납득하기 위해 과거의 문제점이 자신을 위해 해준 것들을 생각해보기 바란다. 그런 문제점들로 인해 당신이 성장할 수 있었다는 것을 기억하기 바란다. 그리고 지금의 고통스러운 상황을 통해 성장을 할 수 있을지 생각하기 바란다.

아래에 열거하는 10가지 포인트를 기억해 두면 좋을 것이다.

문제가 발생했을 때 올바르게 대처하기 위한 10가지 방법

1. 문제가 발생하는 것을 회피해서는 안 된다. 누구에게나 문제는 항상 발생하고 있기 때문이다.

2. 곤란을 겪게 한 사람 모두에게 친절하게 대하라. 강력한 주먹도 부드럽게 받아들이면 한결 약해진다.

3. 문제가 발생하면 가능한 빨리 그 상황에 익숙해져라. 익숙함은 통찰력을 가져다준다.

4. 곤란에서 무엇을 배워야 하는지를 깨달아라.

5. 우리는 기쁨을 통해서와 마찬가지로 고뇌를 통해서도 성장한다. 수많은 곤경은 이겨내는 것이 아니라, 우리가 더욱더 성장함으로써 뛰어넘을 수 있다.

6. 자신이 처해 있는 상황이 얼마나 흥미진진하고 낭만적인가를 생각하라. 그렇게 재미있게 즐길 만한 것이다.

7. 자신이 생각한 만큼 정말로 혼란에 빠져 있는지 자문해 보라.

8. 곤란의 재미있는 측면을 찾아보라. 찾으려고 하면 반드시 찾을

수 있을 것이다.

9. 곤란을 가져다준 사람이나 대상으로부터 자신을 도울 방법을 찾아라.

10. 무슨 일이 벌어지든 선량함이 최고의 무기라는 점을 염두에 두어라.

자신 인생의
진정한
'주인'이 되자

Positive vitamins

위험에 대처하는 효과적인 방법은 딱 하나뿐이다. 직접 정면으로 부딪히는 것이다. 다른 방법은 모두 타협이 필요하다. 그리고 타협이란 도피나 기회주의, 좌절의 본질이다. 큰 재난은 등을 돌렸다고 해서 피할 수 있는 것이 아니다.

★ '생각'을 실현시키기 위한 '계산과 전략'

한 단체에 어느 날 위기가 닥쳐왔다. 단호한 태도야말로 힘이 된다고 여기고 있던 한 사람이 소리쳤다.

"여기서 단결하지 않으면 완전히 붕괴되고 말아!"

그 사람은 바로 페드릭 헨리(미국의 독립운동가)로 결단의 법칙을 잘 이해하고 있었다.

몇 년 뒤, 한 함장이 배를 인도하라는 요청을 받았다. 함장의 눈은 바람의 방향에 주의를 기울이고 있었다. 그는 전투를 포기하는 대신 적함의 선미를 향해 방향을 바꾸고 안전한 위치에서 기관총을 난사했다. 이처럼 존 폴 존스 함장(미국 독립전쟁 당시의 해군 장교)은 충분히 생각하고 곧바로 결단을 내리는 일의 중요성에 대해 알고 있었다.

역사는 이렇게 위기에 처해 있던 사람들이 최대한의 힘과 용기를 총동원해 민첩한 행동으로 승리를 거둔 기록들을 수도 없이 남겨왔다. 이런 훌륭한 결단은 자연스럽게 일어나는 용기에서 오는 것이라고 널리 알려져 있지만, 조사 결과를 살펴보면 꼭 그렇지만은 않은 것 같다.

아무 생각도 하지 않는 대담함은 성공으로 인도해 주는 것과 마찬가지로 실패를 초래하기도 한다. 일시적 감정에 사로잡히는 사람이 아니라 항상 마음의 준비를 하고 있는 영웅이 된다.

괴테는 천재를 '고통에 대해 무한한 허용 능력을 가진 사람'이라고 정의했다. 나 또한 우연히 얻은 승리의 위대함에는 의혹을 품고 있다. 어떤 사람이라 할지라도 단순한 우연만으로는 그리 쉽게 승리를 거둘 수 있는 것이 아니다.

한니발은 피레네 산맥 뒤편으로 돌아 이탈리아를 공격해서 로마인들의 허점을 노렸다. 수많은 장비를 실은 코끼리 떼를 이끌고 알프스를 넘은 건 역사에 남을 위대한 전과로 남아 있다. 한니발의 상상력 넘치는 전략, 절묘한 타이밍, 굳은 결의 등은 단연코 영웅의 면모이다. 피레네 산맥 뒤편으로 돌아서 공격했다고 해서 한니발을 영웅으로서의 가치를 깎아내릴 수가 없다.

우리는 현대의 과학 만능시대에 살면서 그 어떤 기계보다도 성능이 좋은 인간의 뇌에 새롭게 경의를 표해야 하는 게 아닐까? 우리는 두뇌의 가능성에 대한 신뢰를 되찾고 그 능력을 발굴하는 기술을 습득해야 한다.

당신은 '기술'이란 것이 무엇인지 자문해 본적이 있는가?

예를 들어, 당신이 교통사고로 부상을 입었다고 하자. 지나가던 차에 타고 있던 여성이 도와주러 왔다. 그녀는 상냥하고 신속하게 당신에게 붕대를 감아 주었다.

이 여성은 우연히도 간호사였다. 그녀는 충분한 경험이 있었기 때문에 순식간에 부상을 당한 사람을 치료하고 안정을 취하게 할 수 있었다. 이것이야말로 '기술'이라 할 수 있다.

그러므로 당신도 평소에 '마음의 준비', 다시 말해 살아가는 훈련을 해 둬야 한다. 당신의 상상력을 자극하고 발산해서 명석한 것으로 만들어라. 다른 사람들을 위해 자신의 기술을 발휘하는 것도 좋을 것이다.

타인을 위해 무언가를 하는 것은 자신의 힘을 허투루 쓰는 것이 아니다. 그것은 자기 활용인 것이다. "자신의 인생을 잃은 자는 그것을 발견할 수 있을 것이다." 라는 고귀한 문구가 있다. 미덕은 선에 있는 것이 아니라 그 선을 하게 하는 힘 속에 있는 것이다. 나약한 것은 지속적인 도움이 될 수 없다.

다시 말해 삶의 기술이란 자신의 활력을 유지하는 것, 그리고 그것을 어떻게 활용할지를 아는 데 있다. 그것들은 오랜 학습을 통해서만 가능한 것이다.

훈련은 유아기에 자신이 원하는 것을 얻기 위해 울면서부터 시작된다. 우리는 자신이 배가 고픈 것, 추운 것, 혹은 기저귀가 더러워진 것을 주변 사람들에게 전하는 방법을 배운다. 그리고 자신이 부모와 가족의 도움을 받고 있다는 것을 깨닫게 되면 더 많은 요구를 하기 시작한다. 자신의 일을 스스로 해결할 수 있을 때까지는 당연한 것이다.

그리고 이제 자신의 이기심을 다른 사람들의 이기적 요구와 맞춰나가는 긴 훈련이 시작된다.

여기서 말하는 자신의 이기심을 세상과 맞춰나간다는 것은 진화의 문제, 서서히 당신이 인간으로서 각성해나가는 과정이다. 당신이 행복해지기 위해, 자신의 목적을 달성하기 위해 주변 사람들과 균형을 유지하면서 자유를 얻는 기술이 필요한 것이다.

그것에 대해 생각하고 이해했다면 일단 멈춰 섰다가 용기를 내서 행동하라.

재능은 단 하나의 목적, 다시 말해 이용하기 위해 전수된 것이다. 인생의 내면에 있는 위대한 비밀은 다음 문장과 같이 요약할 수 있을 것이다.

"자신의 마음에 귀를 기울이는 법을 배워라."

★ 실제로 '걸어봐야만' 볼 수 있는 것

우리는 시종일관 무언가를 신경 쓰면서 '이것만 어떻게 된다면 기적이 일어날 텐데.'라며 고민하고 있다. 틀림없이 만약 당신이 이런저런 인격적인 버릇만 고칠 수 있다면, 만약 불건전한 이기심이 없다면 성공은 저절로 찾아들게 되어 있다.

그렇다면 그렇게 되기 위해서 어떻게 하는 것이 좋을까?

자신을 바꿀 수 있는 동기는 자신의 내면으로부터 시작된다. 마음이 열려 있다면 당신을 위협하는 수많은 경고를 느낄 수 있다. 하지만 눈에 보이는 것밖에 믿지 않는 사람에게 경적은 그냥 소음에 불과하다. 마음의 문을 닫고 있는 사람들은 경적이 무엇을 의미하는지 생각도 하지 못한다. 이런 사람은 반드시 실패의 쓴맛을 보게 된다. 항상 효율만을 생각하다가 그 의미를 파악하지 못하는 것이다.

수많은 사람들이 지침이나 방향을 제시해주길 바라고 있는데, 그것은 본인의 주변에 있다. 모든 것들이 당신에게 무언가를 알리기 위한 신호를 발산하고 있다. 그저 사회제도에 얽매여 자만심에 빠져 있는 사람들의 눈에는 보이지 않을 뿐이다. 그들의 문제점은 '너무 많이 알고 있어 아무것도 모른다는 것, 즉 본질적으로 삶의 기술에 대해 아무것도 모른다.'는 것이다.

인생에 적응하기 위해서는 현실과의 접촉이 반드시 필요하다. 당신은 인생을 그냥 대충 바라보는 것이 아니라 좀 더 깊이 있게 조사할 필요가 있다. 이것이 바로 그저 걱정만 하고 있는 사람이 모든 것을 뜻한 대로 움직이게 하지 못하는 원인이다.

가장 어리석은 사람이란 사실을 알고 있으면서도 그 사실이 무엇을 의미하는지를 모르는 사람이다. 조짐을 읽을 줄 아는 사람은 결과를 바꿀 수 있다. 진실은 사실뿐만이 아니라 사실의 경향, 동향, 움직임, 발전 등과 같은 것 속에도 잠재되어 있는 것이다.

인생은 결코 멈추지 않는다. 오늘은 어제로 바뀌게 된다. 모든 것을 움직이게 해야 할 때는 동기가 작용하지만, 성공은 당신이 이 동기를 적절하게 활용해서 인생의 흐름에 얼마나 유효하게 작용시킬지에 달려 있다.

옛 성인들은 행동을 하기 전에 먼저 생각하라고 말했다. 하지만 나는 현대를 살아가는 사람들에게 이렇게 덧붙이고 싶다. 생각하기 전에 느끼라고. 왜냐하면 감정이 없는 지성은 아무런 힘이 없는 것과 마찬가지기 때문이다.

좋아하지도 않는 것을 오랫동안 파고든다고 해서 자신의 것이 되지는 않는다. 성공하는 사람은 제일 먼저 그것을 간절히 열망한다. 그러면 그 감정은 목적에 활력을 불어넣어 준다.

목적이 없는 인간은 죽은 것이나 다를 바가 없다. 아무리 훌륭한 지성의 소유자라 할지라도 지향하는 목표가 없다면 인생에서 전진이란 불가능한 것이다.

지성의 한복판에 서서 갈팡질팡하지 않도록 무엇이든 좋으니 느끼기 바란다. 감정이 없이는 아무런 움직임도 바랄 수 없다. 행동과 정열이란 실제로 같은 것이다.

예를 들어 당신이 처해 있는 상황에서 당신을 화나게 하고 있는 것이 무엇인가? 자신을 초조하게 만드는 것을 한 가지 선택해 보기 바란다. 그곳에서부터 공격을 시작하는 것이다. 단, 유치한 발작을 일으키는 것에 불과하다면 뜻을 알 수 없는 헛소리, 비명, 분쟁만 일어나게 돼, 아이들 싸움처럼 시끄럽게 위협을 하는 수밖에 없을 것이다.

충분히 심사숙고한 분노는 조용하다. 그럴 때는 말싸움을

당신의 인생을 이끌어 줄 긍정 비타민

벌일 충동이 일어나지 않는다. 머릿속으로 계산하고 해야 할 일을 찾을 뿐이다.

그렇게 되면 자신의 분노를 진정시키지 않고 그 힘을 이용할 수 있게 된다. 분노를 올바른 길로 이끌어 분노에 지혜를 더하는 것이다. 다시 말해 분노로 자신의 소심함을 용기로 바꾸는 것이다.

또한, 자신의 재능을 예민하게 하기 위해 몸을 유연하게 만들어라. 명상가들이 몇 시간이고 조용히 명상에 잠길 때 취하는 자세, 꽤나 대단한 명상에 잠기기라도 한 듯이 답답해 보이는 태도, 그것들은 모두 그저 허상에 불과하다. 문제가 심각해질수록 움직일 필요가 있다. 그저 자리 잡고 앉아 생각에 잠겨 끙끙 앓기만 해서는 안 된다.

일어서라. 그리고 두 팔을 쭉 펴고 걸어 보라.

자동차는 움직이기 위해서는 기름이 필요하다. 그와 마찬가지로 중요한 생각을 할 때일수록 머리에 더 많은 피가 흐르도록 해주어야 한다. 어리석은 자들은 그저 자리 잡고 앉아서 자신이 생각에 잠겨 있다고 착각을 하고 있지만, 재능은 당신이 행동으로 옮겨야 비로소 도움이 되는 것이다.

바꿔 말하자면 인재를 몇 명이나 거느리고 있는 중요한 인물인 것처럼 행동하는 것이다. 당신이 자신에 넘쳐 있는 사람들의 방식을 따른다면 당신도 자신감으로 가득 찬 사람으로 보일 것이다.

이것은 많은 사람들의 환심을 사야 하는 것과는 다르다. 대부분의 사람들은 끊임없이 움직이고 있지만 아무런 의미도 없이 움직이는 것에 불과하다. 단순히 정신없이 뛰어다니는 것만으로는 지혜를 얻을 수 없다.

누구든 상관없이 모든 사람의 의식 속에 영웅과 겁쟁이가 잠재되어 있다. 당신은 그중에 하나를 선택할 수 있다.

신중하게 내린 목적을 향해 묵묵히 행동하라. 무엇인가를 시작했다면 반드시 그것을 유심히 관찰하는 것이다. 움직임이 시작되면 당신은 그 시작에 도움을 줌으로써 스스로를 돕는 것이 된다.

그때는 '드디어' 문제가 해결된 듯이 행동을 하라.

또한 목적지에 도착하면 자신이 떠안고 있던 짐을 벗어던져라.

그런 다음 지금의 자신을 바꾸기 위해 필요한 것을 체크한 목록을 작성하자. 뭔가 마음에 걸리는 것이 없는지 실제로 확인해 보는 것이다.

★ '지금의 자신을 바꾸기' 위한 세 가지 체크 목록

실패의 원인이 되는 '마음가짐'

1. 과거와 현재에 관련된 사고방식의 모순, 공존할 수 없는 결론, 시대착오적인 사고방식을 갖고 있다.

2. 당신을 괴롭히는 적에 대한 대책 때문에 곤란을 겪고 있지만 아무런 해결책도 찾지 못한 채 그대로 방치하고 있다.

3. 병환이나 재난을 절대로 극복할 수 없는 것이라 여기며 무기력하게 받아들이고 있다.

4. 돈을 절대적인 것으로 굳게 믿어 경제적인 이유로 행동으로 옮길 수 없다고 생각한다.

5. 상황이 바뀌지 않는 것이라고 여긴다.

6. '어려운 상황'에 처하게 되면 곧바로 굴복해 버린다.

7. 가치관이 통일되지 않아 이상과 현실 사이에서 벌어지는 갈등을 방치한다.

8. '하고 싶은 일'과 '하지 않으면 안 되는 일'이 모순됐다는 것을 느끼지 못한다.

9. 근본적으로 상대와 어울리지 않는다는 것을 깨닫지 못하고 엇나간다.

10. 인간관계에 있어 성장 방향이 상대와 어긋나는 것—당신은 이런 식으로 인간적인 성장을 해왔지만, 남은 전혀 다른 방향으로 인간적 성장을 해온 것—때문에 스트레스를 받는다.
11. 해로운 사고방식을 받아들여 정신적으로 침체되어 있다.
12. 공포와 도덕적 불안으로 인해 본인 스스로 삶의 방식을 방해한다.

뭔가 일이 막다른 길에 도달했을 때 그 상황을 바꾸기 위해 아무런 손도 쓰지 못한 채 하루 24시간을 헛되이 보내지 말자.

인생을 엉망으로 만들어 버리는 '착각'

1. 모든 일과 상황에서 타인도 자신과 마찬가지로 중요할 것이라고 생각하는 것.
2. 곤경에 처했을 때 타인도 자신과 마찬가지로 곤란을 겪고 있다고 생각하는 것.
3. 운명과 세상의 모든 것들이 자신에게 불리하고 음모가 있다고 상상하는 것.
4. 탈출구도, 해답도 없다고 착각하는 것.
5. 자신은, 혹은 상대는 권리나 취향이 없다고 생각하는 것.

6. 자신을 위대하게 여기든, 하찮게 여기든 간에 우주의 중심이라고 생각하는 것.

7. 이 세상에서 예의가 모두 거짓된 것이라는 것을 깨닫지 못하고 도리에 맞지 않는 것들을 아무런 의심도 하지 않고 받아들이는 것.

8. 세상의 모든 것이 상대적임에도 불구하고 올바른 것, 나쁜 것이 절대적인 것이라고 여기는 것.

인간관계에 마찰을 일으키는 '무의식적인 착각'

1. 노력을 하지 않더라도 세상이 어떻게 해 줄 것이라고 믿는 것.

2. 쉽게 돈을 벌 수 있는 방법이 있을 것이라고 생각하는 것.

3. 일하는 습관을 익히는 것을 거부하는 것.

4. 생각하는 것만으로도 지쳐버려 즐길 줄 모르는 것.

5. 자신을 건강하게 해 주는 수면방법이 없다고 생각하는 것.

6. 자신이 매일 피곤하다고 해서 남을 비난하는 것.

7. 자신은 운이 없다고 여기는 것.

8. 어떤 일에도 도전하지 못하고 행운이 오기만 기다리는 것.

9. 곤란을 극복하기 위해 노력하기보다는 안정만을 추구하는 것.

10. 남에게 자신의 인생을 지배하게 방관하는 것.

11. 남의 짐까지 짊어지는 것.

12. 사랑받기 위해 상대의 뜻대로 조종당하는 것.

★ 삶을 여유롭게 하는 긍정 '비타민'

다음 행동은 잘못된 '이기주의'라고 불리는 경우가 많다. 그러나 실제로는 '자신을 소중하게' 대하기 위해 자신을 절대로 책망하지 않아도 되는 행동이다.

당신은 다음과 같이 행동 때문에 양심의 가책을 느끼지 않는가? 만약 해당되는 사항이 있다면 '자책하는 마음'을 버려라.

1. 본인이 할 일을 스스로 선택하는 것.
2. 본인 스스로 결혼 상대를 선택하는 것.
3. 본인과 어울리는 친구를 사귀는 것.
4. 본인의 신념을 스스로 결정하는 것.
5. 본인에게 최적의 환경을 찾는 것.
6. 본인을 위해 시간을 할애하는 것.
7. 본인을 위해 기분전환을 하는 것.
8. 본인의 사생활을 지키는 것.
9. 본인 스스로 책임을 지는 것.
10. 본인 스스로 판단기준을 정하는 것.
11. 본인 스스로 모든 일의 선악을 판단하는 것.

12. 모든 부정과 타협하지 않는 것.

여기까지 읽고 이 목록들 중에서 당신의 인생에 도움이 되는 것을 발견했다고 하더라도 현재 상황을 바꾸기 위해 행동으로 옮기지 않는다면, 이 목록은 아무런 쓸모가 없을 것이다.

당신은 그 어떤 경우라 할지라도 문제점의 의미를 인식한다면, 그 문제점들이 인생을 지배할 수 없게 할 수 있다. 만약 당신에게 그럴 의지가 있다면 충분히 가능한 것이다.

당신은 그 문제점들에 대해 다시 한 번 천천히 생각해 보기 바란다. 몇 가지 계획을 세워 자신에게 맞는 방법을 고른다면, 당신은 자신을 변화시킬 수 있다.

설령 당신이 지금까지 문제를 피하기 위해 재빠른 행동을 하지 않았다고 하더라도 앞으로 얼마든지 가능하다.

꼭 기억해두기 바란다. 새로운 해가 뜰 때마다 새로운 기회가 생기는 것이다.

다음으로 당신이 앞으로 어떻게 행동해야 할지에 대한 지침을 제시하기로 하자. 구체적으로 제시하고 있으므로 반드시 참고해 주기 바란다.

'지금의 상황을
바꾸기' 위해
해야 할 일

Positive vitamins

■ 인생을 바꿀 당신을 위한 세 가지 조언

제일 먼저 이런 '처방'을 내리자

1. 본인이 잘못을 저지른 것을 스스로 인정할 것.

2. 잘못을 저지르지 않는 완벽한 사람은 없다는 것을 깨달을 것.

3. 지금 상황을 사전에 미리 인식할 수 있다면, 어떻게 하는 것이
   좋을지 생각할 것.

4. 일어난 일, 또는 가능한 일을 미리 생각하고 상황을 호전시키
   기 위해 무엇을 해야 할지에 대해 계획을 세울 것.

5. 그것을 행동으로 옮기고, 가능한 효율적으로 계획을 실천할

것.

6. 완벽한 결과를 얻고자 하는 기대는 버릴 것.

7. 원래 필요로 하는 이상의 인내, 끈기가 필요하다는 것을 자각할 것.

8. 자신의 지난 실패를 운명 탓으로 돌리지 말 것.

9. 역경을 완전히, 그리고 천천히 극복해 나갈 때까지 노력하겠다고 맹세할 것.

곤란한 상황을 극복하기 위한 힌트

1. 현재 상황에 세심한 주의를 기울일 것.

2. 문제점에 대해 지금 할 수 있는 모든 것을 할 것.

3. 결과는 겸허히 받아들일 것.

4. 모든 문제에 대해 감정적으로 대하지 말 것.

5. 지침이 되는 '직감'을 얻기 위해 마음의 소리에 귀를 기울일 것.

6. 자신의 재능으로 반드시 헤쳐나갈 수 있다고 믿을 것.

7. 오감을 작동시켜 관찰할 것.

8. 자신의 인생에 대한 주도권을 항상 쥐고 있을 것.

번거롭게 하는 문제(사람)를 맞닥뜨렸을 때의 12가지 요령

1. 문제가 복잡할수록 빤한 해결책으로는 해결할 수 없다는

것을 각오할 것.

2. 다급할수록 근본적 해결수단이 필요하다는 것을 염두에 둘 것.

3. 확실하게 알 수 있을 때까지 자신의 문제를 과장되게 생각하지 말 것.

4. 인생의 문제도 산수 문제와 마찬가지로 계산할 것.

5. 가장 책임이 큰 것이 무엇인지, 누군지에 대해 조사할 것.

6. 문제의 원인이 된 사람이 그렇게 되도록 만들었다고 생각하지 말 것.

7. 고의적인 경우가 아니라면 상대를 책망하지 말 것.

8. 나쁜 행위를 한 사람은 비난하지 않더라도 행위 자체에 대한 비난은 소홀히 하지 말 것.

9. 문제가 된 사실에서 피하지 말 것.

10. 당신의 이웃이나 가족들 중에 천사는 절대로 없다는 것을 명심할 것. 우리는 모두 불완전한 인간이기 때문이다.

11. 병든 마음을 다룰 때는, 병든 몸을 다룰 때와 마찬가지로 배려를 할 것.

12. 대부분의 문제는 무지와 오해에서 비롯되기 때문에 앞으로 나가기 전에 그것들을 제거할 것.

■ '마음을 긍정적으로 갖고 싶을 때' 시험해 볼 것

자신이 당면한 문제를 다각도로 자신에게 친숙한 것으로 만들어라. 마치 가구들 사이에 서 있는 것처럼 문제의 여러 가지 상황에 서봐라. 자신이 생각했던 모든 것을 실제로 보고, 듣고, 만지고 있는 것처럼 생생하게 연상하여 드라마를 만들어 보라. 그리고 그것들의 관계를 살펴보라. 문제 속의 특정 부분, 혹은 사람이 다른 부분, 혹은 사람에게 어떤 영향을 끼치고 있는지를 깨달아라.

앞에서 소개한 '자유연상'을 시험해 보기 바란다. 기억의 재료를 모아 과거의 체험으로부터 분석하기 위해 재료를 그룹 별로 나누어 순서를 정하라. 그리고 차분하게 논리적인 연상을 하자.

시험 삼아 몇 가지 결론을 생각해 내고 비교해 보면 해답을 찾을 수 있을 것이다. 중요한 것은 자신을 속이며 더 이상 나빠질 것이 없다고 착각해서는 안 된다.

우리는 내일의 역경과 맞설 준비를 해야만 한다.

그리고 항상 오늘보다 내일 더 나은 성과를 거두어야 한다.

자신에게
'지지 않는'
내가 되는 방법

Positive vitamins

모든 문제를 처리하기 위한 기본 원칙이 딱 하나 있다. 그것은 "상황 전체를 바꿀 방법에 대해 생각할 때 몇 분 이상 시간을 보내고 나서 자신의 곤란한 상황을 숙지하라."는 것이다.

이것은 의사들이 병이나 상처를 접할 때 쓰는 방법이며, 기계가 고장이 났을 때 기술자들의 태도이기도 하다. 벌어진 상황에 대해 화가 난 상태에서는 문제점을 정확하게 발견할 수 없다. 화를 내기 전에 구급차를 부르든, 약을 먹든, 도움을 청하든 간에 응급처치를 하는 것이 먼저이다.

객관적인 지식을 익혔다면 다음은 경험을 받아들이고, 그것에 대해 객관적인 견해를 유지해야 한다. 당신은 극장에 가고, 소설을 읽고, 여행 기행문을 읽고 기분이 들뜨기도 한다. 그러나 이 모든 것은 다른 사람의 문제에 대한 드라마에 귀를 기울이는 것에 불과하다.

또한 선택의 여지가 없는 결정을 절대로 해서는 안 된다. 반드시 그렇게 하지 않으면 안 될 때까지 다른 방법에 한눈을 팔아서는 안 된다. 은행에 저금을 하듯이 급할 때 쓰기 위해 다른 방법들은 남겨두어야 한다.

문제를 처리하는 훈련은 당신을 현명하게 만들어 준다. 당신은 문제에서 도망치는 것이 아니라 대처함으로써 문제를 해결할 수 있다. 또한 자신의 슬픔에 대해 불평만 늘어놓는다면 본인은 물론 타인을 위해서도 좋지 않다.

실천력을 겸비한 정신, 바삐 움직이고 있는 손, 굳게 닫힌 입, 이것들이 기적을 일으키는 것이다.

핀 테크닉이라는 것이 있다. 마치 볼링공을 굴리는 것과 마찬가지로 적어도 9개의 가능한 해답을 생각해내고 비평의 볼을 굴려 그것들을 쓰러뜨린다면, 우리는 훨씬 쉽게 문제를 처리할 수 있을 것이다.

그리고 강한 일격이라도 견디고 설 수 있는 해결책을 고르는 것이다. 한 가지가 잘 풀리면 더 많은 문제들이 술술 풀리게 될 것이다. 왜냐하면 전혀 의미가 없는 것처럼 느꼈던 것이 실제로는 최고의 해결책으로 전환되는 경우가 자주 있기 때문이다.

일반적으로 진실이란 빈껍데기와 같은 것이다. 온갖 상황 속에 퍼져 있지만 산을 움직일 수는 없다. 그런데 현실적인 지혜는 모든 철학 이상의 힘을 가지고 있다.

그러므로 문제를 처리하고자 할 때는 구체적으로 생각하고 행동해야 한다. 본인에게 이렇게 자문해 보자. "무엇이 잘못된 것일까? 무슨 일이 벌어진 것일까? 그것을 어떻게 바로잡아야 할까?" 이런 생각을 하는 것이 지혜이다.

당신은 자신이 바라고 있는 것을 다음과 같이 행동함으로써 얻을 수 있다. 제일 먼저 바라는 것이 뭔지를 알아야 한다. 그리고 바라고 있는 것과 당신의 손에 넣을 수 있는 것 사이에 융통성이 통하는 척도와 수단을 찾아야 한다.

사정만 허락한다면 자신이 원하는 것을 최우선으로 삼아라. 특정한 순간에 무엇을 얻을 수 있는지는 상대적인 문제이다. 시시때때로 변하는 상황 속에서 당신이 그것을 얻을 수 있을지는 집중력, 통찰력, 기술, 집착에 달려 있다.

중요한 것은 두세 가지의 유용한 방법을 알고 있는 것이 아니라 질서정연하게 생각하는 습관을 들이는 것이다. 예를 들어 마음속으로 만족할 수 있는 생활을 바라고 있다고 하자. 그렇다면 그것을 손에 넣기 위한 노력 방법, 시간의 활용 방법 등, 모든 요소들을 표로 만드는 것이다.

다음으로 당신의 인생을 호전시켜 줄 구체적인 방법에 대해 알아보기로 하자.

■ 자신감을 북돋는 슬기로운 생활 자세

행복의 '최대 공약수'를 소중히 여겨라

모든 상황에 있어 만족을 주는 것과 초조하게 하는 것이 있다. 그것들을 대하는 당신의 반응은 매우 개인적이며 정직하게 드러난다. 당신이 좋아하는 것이라도 다른 사람은 싫어할 수 있다. 그것은 그 사람의 문제이다.

대부분의 경우 당신과 상대가 타협할 수 있는 점은 있다. 자신과 상대에게 모두 만족을 가져다줄 수 있는 것을 발견하고 선택하라. 그리고 그것이 점점 늘어날 수 있도록 하라.

곤란스러운 것은 피하고 폐기시켜 버려라. 그런 것들이 당신의 행복을 짓밟게 해서는 안 된다.

예를 들어 당신은 자신만의 시간을 소중히 보내고 싶은데, 당신의 남편은 사람들과 사귀기를 좋아한다고 하자. 그럴 때는 남편과 함께하라. 하지만 "내 사생활을 필요 이상으로 침범하지는 말아줘요."라는 정도는 말해도 좋을 것이다.

일단 쉬운 것부터 반복적으로 공격해보자

횟수를 반복하다 보면 모든 일이 점점 쉬워지게 마련이다. 곤란한 상황과 접촉하면 할수록 당신은 그것을 더욱더 두려워하게 될 것이다. 일단은 자신을 불안하게 만드는 것 중에서 쉽게 대처할 수 있다고 여겨지는 것을 골라라. 그리고 그것과 반복적으로 접하는 것이다. 이것을 계속 반복하라. 서서히 접촉 빈도를 늘리고 확장시켜 곤란한 것을 거리낌 없이 접할 수 있게 만들어라. 이렇게 하면 아무리 힘든 싸움일지라도 승리할 수 있다.

'상식'을 무조건 쫓지 마라

대부분 사람들의 사고방식은 세상의 '상식'에 지배를 당하고 있다. 하지만 그것은 어리석은 미신에 불과하다. 사람들은 곤경에 처해 있는 사람의 귀에 아무런 의미도 없는 말을 속삭이고 즐거워한다. 이렇게 자신을 고통스럽게 하는 것에서 벗어나기만 한다면 마음이 한결 편해진다. 그러므로 누군가 당신 귀에 쓸데없는 말을 속삭인다면 한 귀로 듣고 한 귀로 흘려버려라.

정신적 독으로부터 해방되기 위해서는 신중하게 생각에 생각을 거듭한 당신만의 생각과, 타인의 헛소리에 귀를 기울이지 않는 것이 중요하다. 하지만 실제로 자신의 생각을 시험해 보고 가치가 있는 것인지를 확인해 봐야 한다. 자신의 생각만을 무작정 따라서는 안 된다.

세심하게 '자신의 입장'을 점검하자

인간이 고민하는 이유의 절반 이상은 애매한 것, 성급한 결정, 어리석은 착각에서 비롯된다. 현실에 뿌리를 확실하게 뻗은 확실한 기반이 없는 이론이 셀 수 없이 많은 사람들을 혼란에 빠뜨리고 있다.

자신이 어디로 가려 하는지, 무엇을 하려 하는지, 누가 자신을 병들게 하고 있는지를 찾아내기 위해서는 자주 뒤를 돌아봐야 한다. 자신의 입장을 음미하기만 하는 단순 작업은 그리 재미있는 일은 아니지만, 이성적으로 살아가기 위해서는 반드시 필요한 것이다.

'소크라테스 방식'으로 생각하자

고대 그리스의 철학자 소크라테스는 Q&A의 질문집과 같은 사람이었다. 그는 상대의 의견이 어떻게 해서 성립된 것인지 알고 싶어서 꼼꼼하게 파고들었다. 또한 자신의 생각에 대해서도 마찬가지로 끊임없이 질문을 던졌다.

당신이 '생각하고 있다'고 생각하고 있는 것의 약 30퍼센트는, 당신이 생각하고 있다고 여기는 그대로이다. 그러나 그 밖의 70퍼센트는 완전히 다른 감정적 기반을 가지고 있다.

당신의 '욕망'과 '신념'은 술래잡기와 마찬가지로 숨어 있다. 그러므로 내적인 사실을 추구하고 밝혀내지 못한다면 정작 중요한 것들은 다 놓치게 된다.

손으로 직접 종이에 써보자

당신이 천재라면 이 제안은 필요 없을 것이다. 하지만 그렇지 않다면 문제를 머릿속으로만 생각하려고 하지 않는 것이 좋다. 특히 어떤 문제든 간에 밤 10시 이후에는 절대로 생각하지 않는 것이 좋다.

자신이 알고 있는 모든 사실을 생각나는 대로 다 써 보라. 그냥 빠르게 갈겨쓰는 정도로 충분하다. 그리고 순서를 정해 늘어놓는다. 그다지 중요하지 않은 것들은 한쪽에, 무시할 수 없는 것들은 다른 한쪽에 모은다. 그리고 자신의 문제점들을 5명의 전혀 다른 사람이 말하듯이 읽어본다. 이때 중요한 포인트는 그 5명 중에 당신이 미워하는 사람, 당신에게 찬성하는 사람도 넣는 것이다.

이렇게 마음속으로 그것들을 새로운 견해로 바라볼 수 있게 되고, 글로 적은 사실을 염두에 두고 자신의 문제를 바라보고 해결할 수 있게 된다.

'60퍼센트의 사실'을 손에 쥐었다면 곧바로 행동하자

문제가 잘못된 방향으로 처리되는 원인의 절반 이상이 행동 데이터로 만들기에 충분한 만큼 사실을 인지하지 못하는 데 있다. 자신이 알고 있는 점들을 모두 목록으로 작성하는 습관을 들여라. 확신이 서지 않는 것들도 나열하라. 그리고 어떻게 하면 필요한 사실을 깨달을 수 있는지를 생각하는 것이다.

일단은 필요한 정보 수집부터 시작하자. 필요한 것의 60퍼센트를 알 수 있게 된다면 행동으로 옮겨라. 나머지는 꾸준히 노력하다 보면 저절로 알게 될 것이다.

'논리적'으로 생각하면 '최악의 사태'는 피할 수 있다

최상의 '생각'은 영감에 의해 얻어진다. 하지만 지성이 그다지 훌륭한 도구가 아니라고 하더라도 생각을 끌어 모을 수 있게 해주는 것은 분명히 가치가 있는 것이다.

문제에 직면했을 때, 가장 저지르기 쉬운 네 가지 잘못

1. 생각하지 않고 충동적으로 행동하는 것.
2. 점검하지 않은 채 직관적으로 '직감'에 의존하는 것.
3. 논리적이기는 하지만 부적당한 생각을 실행으로 옮기는 것.
4. 행동으로 옮기는 것을 필요 이상으로 두려워하는 것.

직관이나 '직감'도 유효한 경우가 많지만, 일단은 조용히 논리적으로 생각하라. 그것이야말로 제대로 된 심사숙고다.

목록으로 만들어 비교해 보라

대부분의 사람들은 한 가지 문제를 복잡하고 무질서한 방법으로 생각하는 과오를 범하고 있다. 예를 들어 일을 선택할 때 좋아하는 일을 할 수 있다면 월급과 휴일이 적어도 좋다고 생각하거나, 혹은 돈과 시간을 위해 자신이 원하는 일에는 눈을 질끈 감아버린다는 생각을

하지 않기 때문에 투덜투덜 불평불만을 토로하고 있는 것이다.

문제에 휩쓸려 어디로 가야할지 모르겠거든 각각의 문제에 대해 어떻게 행동해야 할지를 목록으로 만들어 비교해 보기 바란다. 그리고 그것에 대한 자신의 찬성과 반대를 나열해보고 결단을 내리는 것이다.

불필요한 짐은 깨끗하게 버려라

우리는 대부분의 경우 더 이상 필요 없게 된 것에까지 집착을 하며 인생이라는 여정에서 너무 많은 짐들을 짊어지고 있다. 모든 것을 최소한으로 줄여라. 어떤 가치관을 버려야 할지, 어떤 노력들이 더 이상 필요 없게 됐는지, 그리고 어떻게 하면 자신의 곤란의 수치를 줄일 수 있는지를 살펴보자.

나는 결혼하지 못해 너무 불행하다고 생각하는 있는 여성을 알고 있다. 그러나 그녀가 '자신이 노처녀'라는 생각을 버리고 몇몇 친구들의 결혼생활이 어떤지 살펴보고 그녀의 고민은 완전히 사라져 버렸다.

'기능적인 요구는 무엇일까?'를 찾자

어떤 상황이라 할지라도 문제가 발생하고 존재하고 계속 이어지게 하는 것 중에 하나는, 또한 한 사람, 혹은 하나의 배경이라는 것이다. 이것이 기능적인 요인이며 이것을 찾아내는 것이 매우 중요하다. 그것을 찾아내고 집중을 한다면, 당신은 그 문제를 지배할 수 있게 된다.

전쟁의 주된 원인은 통상적으로 경제적 빈곤 때문이다. 이것을 인식하고 확고한 태도로 처리한다면 전쟁은 일어나지 않을 것이다. 문제를 확대시키는 것은 인간의 증오가 아니라 어리석음과 태만이다.

6단계의 사고계획을 세우자

어떤 문제를 생각하더라도 거쳐야 하는 단계가 있다.
제1단계 그 상황의 결과, 혹은 사실에 대해 생각해 본다.
제2단계 그 결과를 만들어낸 원인, 혹은 힘이 되는 것을 찾는다.
제3단계 일정 문제의 본질, 일반 원리를 발견한다.
제4단계 곤경에 관련된 모든 사람들을 기록하고 생각한다.
제5단계 그 일에 관련된 장소와 대상들의 목록을 작성한다.
제6단계 현재 겪고 있는 곤경에서 가장 중요한 영향력을 행사하고
　　　　있는 사람, 혹은 대상을 확실히 한다.

'가능한 것'과 '불가능한 것'의 조정을 한다

전혀 결점이 없는 대답, 빈틈이 없는 완벽한 해결책, 사악함이 전혀
없는 선량함이나, 전혀 패배를 모르는 승리 등은 있을 수 없다. 항상
이치에 맞는 일만 할 수는 없는 것이다. 그것은 불완전한 인간으로서
는 무리이다.
당신은 옳은 것과 잘못된 것의 균형을 조절해 최선을 다할 수 있다.
때로는 큰 실수를 저지르지 않기 위해 일부러 작은 실수를 저지르거
나, 더 큰 선을 실현시키기 위해 악을 선택해야 할 때가 있다. 아버
지를 속이고 사랑하는 남자와 결혼하는 것이, 아버지를 배신하는 것
이 두려워 사랑하는 사람과 결혼하지 않는 것보다 낫다.

인생에 대한 작전을 짜는 방법

대부분의 사람들이 인생과 문제점에 대해 타협적인 사고방식을 갖는 것은, 모든 것을 한꺼번에 보려 하기 때문이다. 하지만 그런 일은 거의 불가능에 가깝다.

종이에 당신의 바람을 열거해 보기 바란다.

다음 종이에 자신의 한계를 적어 보길 바란다.

둘 다 적당히 적어서는 안 된다. 확실하게 표기하라. 그리고 세 번째 종이에 바람과 한계에 대한 타협점을 적는 것이다.

장애까지 생각하고 각각의 시기에 몇 가지 바람을 이룰 수 있을지를 글로 적는 것이다. 자신의 타협점을 해마다 조금씩 올리도록 계획하라.

'빚'으로 '신용'을 만드는 방법

대부분의 경우 자신의 살과 뼈를 깎아가면서 스스로 일을 처리하는 것은 어리석은 짓이다. 현대적 방법은 자신을 위해 머리를 짜내는 것이다. 정원을 청소하기 위해 손을 쓰는 사람은 없다. 모두 다 빗자루를 쓸 것이다. 개인적인 목적을 달성하기 위해 도구를 좀 더 많이 활용하도록 하자.

어느 날, 한 부유한 사람의 조카가 장사를 하기 위해 중서부지역으로 갔다. "필요가 없더라도 돈을 빌렸다가 지불 날짜에 반드시 갚아라."라고 삼촌이 충고를 했다. "어째서죠?"라고 조카가 묻자, "남들에게 네가 정직하다는 것을 보여주기 위해서지. 그러지 않으면 누가 알아주겠니."라고 삼촌이 대답해 주었다.

'처럼'의 철학을 실천하자

당신의 행동은 당신의 받아들이는 태도, 사고방식에 영향을 끼친다. 이성은 행동을 계획하기 위해 주어진 것이다. 의지의 힘은 그 계획을 실행으로 옮기기 위한 것이다. 바보처럼 어리석게 행동하고 있다 보면 얼마 안 돼서 자신을 바보라고 느끼게 되고 만다. 의연한 태도와 단호한 행위는 전염성이 있다. 당신은 당장 차분하게 생각하고 용기를 내서 실천으로 옮기게 될 것이다.

당신이 어떻게 행동하려고 하고 있는가에 대해 자신에게 맞는 계획을 세워라. 그리고 그 계획을 고수하는 것이다. 자신이 바라고 있는 것이 진실이라는 '긍정생각'을 가지게 된다면 그것은 진실이 된다.

분노의 힘으로 공포를 몰아내라

귀찮은 일을 처리하는 데 두려움을 느끼고 있다면 일단 당신을 화나게 하는 요소를 찾아 내라. 그리고 분노로 이글이글 타오를 때까지 그 일에 대해 끊임없이 생각하라. 그러면 순식간에 공포심은 사라지고 말 것이다.

아니면 문젯거리를 희한한 것이라고 여기려고 해 보라. 당신의 호기심을 해방시키는 것이다. 그러면 두려움은 작아질 것이다. 이것은 두려움에 극한된 것이 아니다.

나는 하찮은 남자에게 마음을 빼앗겨 고민하는 아가씨를 알고 있다. 그러나 그녀는 상대가 어떤 인물일까 하는 호기심이 들자마자 곧바로 사랑에 빠지고 말았다.

당신을 지배하는 감정은 항상 그것보다 약한 감정을 말살해 버리게 되어 있다.

'상대가 변할 확률'은 얼마나 될까

모든 것, 모든 사람이 변화 속에 존재한다. 그러므로 앞으로 20년 안에 당신의 남편(아내)이 지금보다 조금 덜 어리석어질 가능성도 있다. 문제는 당신이 지금 상대를 참아 줄 수 있는가 아닌가가 아니라, 상대가 좋아질 것이라는 희망을 가질 수 있는가이다. 현재의 상대를 당신이 바라는 상대에 대한 이상형과 비교해서는 안 된다. 상대가 바뀔 수 있는 가능성을 연구해보라. 그것이야말로 모든 것을 평가할 수 있는 유일한 방법이다.

'다이아몬드와 진흙'의 법칙

남아프리카에서는 수많은 사람들이 다이아몬드를 캐내기 위해 진흙을 파낸다. 손톱보다 작은 돌멩이를 찾아내기 위해 수천 톤의 흙이 파여지고 있다. 광부들은 다이아몬드를 찾고 있는 것이지 진흙을 찾고 있는 것이 아니다. 그들은 보석을 찾아내기 위해 진흙이라는 것을 기꺼이 파내고 있는 것이다.

일상생활에서 사람들은 이 원리를 잊고 다이아몬드보다는 진흙이 많다는 것만 비관하고 있다. 문제에 휘말리거나 부정적인 사실에 두려움을 느끼지 않도록 하라. 긍정적 사실만을 찾아 파고들어가길 바란다. 그것은 매우 가치가 있는 것이기 때문에 아무리 많은 진흙을 파내야 한다고 할지라도 문제가 되지 않는다.

'출구'를 찾아내기 위해서는 연상 게임이 효과적이다

어떤 곤란한 상황에 처해 있을 때 아무런 희망도 찾을 수 없다면, 각
각의 문제점에 대해 신중하게 그것과 반대되는 것을 생각하라. 그리
고 상반된 점과 조합해보고 어떻게 되는지를 살펴보기 바란다. 이 방
법은 당신의 잠들어 있던 재치를 눈 뜨게 해준다.

예를 들어 나는 과거에 초상화가가 되고 싶다고 생각을 했었는데 심
리학자로서 살아가는 인생에도 마음이 끌렸다. 그래서 나는 일단 '초
상을 그리는 것'이라고 쓴 다음 '넥타이', '소시지', 그리고 '하찮은 일',
'다락방', '앓는 소리'와 같은 식으로 조합해나갔다.

그러자 속이 쓰리기 시작했다. 나는 넥타이를 매고 소시지 공장의 사
장 부인들을 그려야 하는 하찮은 일을 한다. 그녀들의 그림을 그리는
동안 다락방에서 끙끙 앓는 소리를 내고 있는 나의 모습을 연상하고
다른 길을 선택하게 되었다.

'실천'이야말로 가장 확실한 답으로 이끌어준다

인간은 실천을 통해 진보해간다. 그 어떤 발명품이라 할지라도 착상
만으로 완성된 것이 아니다. 이것은 누구나 알고 있는 사실이다. 그런
데 우리는 문제에 당면하게 되면 현명하고 안전하면서도 신중한 실험
을 거의 하지 못하게 된다. 그 대신에 초조해지고, 까다로워지고, 화
를 내게 된다.

뭔가 문제가 발생했을 때나 그렇지 않을 때도 테스트를 계속하면서
상황의 단편을 조종해 보자. 평소부터 신중하게 문제의 퍼즐을 조종한
다면 딱 맞아떨어질 때까지의 시간이 놀랄 만큼 짧아지게 될 것이다.

도움을 청할수록 상대가 기뻐하는 '기발한 방법'이 있다!

나는 월가에 의존하지 않고 큰 재산을 모은 주식 중개인을 알고 있다. 무엇으로 재물을 모았는가 하면, 몇 장의 우표와 종이와 봉투, 그리고 시간만 조금 내면 할 수 있는 간단한 작업 덕분이었다.

그는 매일매일 누군가에게 이것저것 도움을 청하는 편지를 5통씩 보냈다. 상대의 모든 것을 알고 있는 것도 아니었고 상대들 또한 그를 잘 모르고 있었다. 하지만, 그가 성과를 올릴 수 있는 확률은 매우 높았으며 항상 뭔가 도움을 받을 수 있었다.

나 또한 2통의 편지를 받았는데, 그가 내게 바라던 것은 아주 간단하면서도 사리에 어긋나지 않았기 때문에 흔쾌히 도움을 주었다.

분명히 그의 방법은 교묘하기 그지없다. 왜냐하면 그는 내 도움으로 책을 출판하게 됐고, 그 책은 베스트셀러가 됐기 때문이다.

나중에 그와 만나서 어떻게 그렇게 성공률이 높은지 물어보자, 그는 아주 단순한 비밀을 가르쳐주었다. 그래서 그 비밀을 있는 그대로 당신에게 전수해 주기로 하겠다.

그의 비결을 절대적이고 확실하게 만들어 준 것은 일방적인 도움이 아니라는 것이다. 그는 항상 만약 상대가 도움을 청한다면 도와줄 생각을 하고 있었다. 그리고 실제로 도움을 청하면 상대를 위해 무언가 해 주고 있었다.

성서의 지혜를 잘 느낄 수 있는 증거가 아닐까?

"구하라, 그러면 얻으리라."

당신의 인생을 이끌어 줄 긍정 비타민

2020년 5월 20일 1판 1쇄 인쇄
2020년 5월 25일 1판 1쇄 발행

지은이 | 데이비드 시버리
옮긴이 | 김연희
발행인 | 김정재

펴낸곳 | 뜻이있는사람들
등록 | 제2016-000020호(2004년 3월 30일)
주소 | 경기도 고양시 지도로 92, 55. 다동 201호
전화 | (031) 914-6147
팩스 | (031) 914-6148
이메일 | naraeyearim@naver.com

ISBN 978-89-90629-54-8 03840